Mathias Malzieu est né en 1974 à Montpellier. Après une carrière avortée de tennisman et des études de cinéma délaissées au profit de la musique, il devient une figure phare du rock français avec le groupe Dionysos, pour lequel il écrit, compose et interprète les chansons. Amateur de sensations fortes (longboard ou saut à l'élastique), ce sont en grande partie ses impressionnantes prestations *live* qui l'ont propulsé sur le devant de la scène.

Peu enclin à choisir entre sa vocation de chanteur déjanté et celle d'auteur décalé, c'est tout naturellement qu'il décide de mêler les deux, en rédigeant un recueil de nouvelles, *38 mini westerns (avec des fantômes)*, un émouvant roman autobiographique (*Maintenant qu'il fait tout le temps nuit sur toi*), accompagné d'un album reprenant les principales thématiques et les personnages de l'ouvrage, puis *La mécanique du cœur*, ainsi que sa bande originale éponyme, qui devrait prochainement être adaptée au cinéma.

La mécanique du cœur

Du même auteur
aux Éditions J'ai lu

MAINTENANT QU'IL FAIT
TOUT LE TEMPS NUIT SUR TOI
N° 8136

Mathias
MALZIEU

La mécanique
du cœur

ROMAN

Pour toi Acacita,
qui as fait pousser ce livre dans mon ventre.

Premièrement, ne touche pas à tes aiguilles. Deuxièmement, maîtrise ta colère. Troisièmement, ne te laisse jamais,
au grand jamais, tomber amoureux. Car alors pour toujours
à l'horloge de ton cœur la grande aiguille des heures transpercera ta peau, tes os imploseront, et la mécanique du cœur
sera brisée de nouveau.

1

Il neige sur Édimbourg en ce 16 avril 1874. Un froid de canard paranormal cadenasse la ville. Les vieux spéculent, il pourrait s'agir du jour le plus froid du monde. À croire que le soleil a disparu pour toujours. Le vent est coupant, les flocons plus légers que l'air. BLANC ! BLANC ! BLANC ! Explosion sourde. On ne voit plus que ça. Les maisons font penser à des locomotives à vapeur, la fumée grisâtre qu'exhalent leurs cheminées fait pétiller un ciel d'acier.

Édimbourg et ses rues escarpées se métamorphosent. Les fontaines se changent une à une en bouquets de glace. L'ancienne rivière, habituellement si sérieuse dans son rôle de rivière, s'est déguisée en lac de sucre glace qui s'étend jusqu'à la mer. Le fracas du ressac sonne comme des vitres brisées. Le givre fait des merveilles en pailletant le corps des chats. Les arbres ressemblent à de grosses fées en chemise de nuit blanche qui étirent leurs branches, bâillent à la lune et regardent les calèches déraper sur une patinoire de pavés. Le froid est tel que les oiseaux gèlent en plein vol avant de s'écraser au sol. Le bruit qu'ils font dans leur chute est incroyablement doux pour un bruit de mort.

C'est le jour le plus froid du monde. C'est aujourd'hui que je m'apprête à naître.

Cela se passe dans une vieille maison posée en équilibre au sommet de la plus haute colline d'Édimbourg – Arthur's Seat –, un volcan serti de quartz bleu au sommet duquel reposerait la dépouille de ce bon vieux roi Arthur. Le toit de la maison, très pointu, est incroyablement élevé. La cheminée, en forme de couteau de boucher, pointe vers les étoiles. La lune y aiguise ses croissants. Il n'y a personne ici, que des arbres.

À l'intérieur, tout est fait de bois, comme si la maison avait été sculptée dans un énorme sapin. On croirait presque entrer dans une cabane : poutres apparentes rugueuses à souhait, petites fenêtres récupérées au cimetière des trains, table basse bricolée à même une souche. D'innombrables coussins de laine remplis de feuilles mortes tricotent une atmosphère de nid. Nombre d'accouchements clandestins s'opèrent dans cette maison.

Ci-vit l'étrange Docteur Madeleine, sage-femme dite folle par les habitants de la ville, plutôt jolie pour une vieille dame. L'étincelle dans son regard est intacte, mais elle a comme un faux contact dans le sourire.

Docteur Madeleine met au monde les enfants des prostituées, des femmes délaissées, trop jeunes ou trop infidèles pour donner la vie dans le circuit classique. En plus des accouchements, Docteur Madeleine adore réparer les gens. Elle est la grande spécialiste de la prothèse mécanique, œil de verre, jambe de bois... On trouve de tout dans son atelier.

En cette fin de XIXe siècle, il n'en faut guère plus pour être soupçonné de sorcellerie. En ville, on raconte qu'elle tue les nouveau-nés pour s'en faire des esclaves ectoplasmiques et qu'elle couche avec toutes sortes d'oiseaux pour donner naissance à des monstres.

Pendant le long travail de contraction, ma très jeune mère observe d'un œil distrait flocons et oiseaux se casser silencieusement la gueule par la fenêtre. On dirait une enfant qui joue à être enceinte. Sa tête est pleine de mélancolie ; elle sait qu'elle ne me gardera pas. Elle ose à peine baisser les yeux sur son ventre prêt à éclore. Alors que mon arrivée se fait pressante, ses paupières se ferment sans se crisper. Sa peau se confond dans les draps comme si le lit l'aspirait, comme si elle était en train de fondre.

Elle pleurait déjà en escaladant la colline pour arriver ici. Ses larmes glacées ont rebondi sur le sol telles les perles d'un collier cassé. À mesure qu'elle avançait, un tapis d'étincelants roulements à billes se formait sous ses pieds. Elle a commencé à patiner, puis a continué encore et encore. La cadence de ses pas est devenue trop rapide. Ses talons se sont emmêlés, ses chevilles ont vacillé et elle a chuté violemment en avant. À l'intérieur, j'ai fait un bruit de tirelire cassée.

Docteur Madeleine est la première vision que j'ai eue. Ses doigts ont saisi mon crâne en forme d'olive – ballon de rugby miniature –, puis on s'est pelotonnés, tranquilles.

Ma mère préfère détourner le regard. De toute façon ses paupières ne veulent plus fonctionner. « Ouvre les yeux ! Regarde-le arriver ce minuscule flocon que tu as fabriqué ! »

Madeleine dit que je ressemble à un oiseau blanc avec des grands pieds. Ma mère répond que si elle ne me regarde pas, ce n'est sûrement pas pour avoir une description à la place.

— Je ne veux rien voir, ni savoir !

Quelque chose semble soudain préoccuper le docteur. Elle n'a de cesse de palper mon torse minuscule. Son sourire quitte son visage.

— Son cœur est très dur, je pense qu'il est gelé.

— Le mien aussi, figurez-vous, ce n'est pas la peine d'en rajouter.

— Mais son cœur est réellement gelé !

Elle me secoue de haut en bas, ça fait le même bruit que lorsqu'on fouille dans une trousse à outils.

Docteur Madeleine s'affaire devant son plan de travail. Ma mère attend, assise sur son lit. Elle tremble maintenant et, cette fois, le froid n'y est pour rien. On dirait une poupée de porcelaine échappée d'un magasin de jouets.

Dehors, il neige de plus en plus fort. Le lierre argenté grimpe sous les toits. Les roses translucides s'inclinent aux fenêtres, enluminant les avenues. Les chats se changent en gargouilles, leurs griffes plantées dans la gouttière.

Dans la rivière, les poissons grimacent, arrêtés net. Toute la ville est sous la main d'un souffleur de verre, il expire un froid qui mord les oreilles. En quelques secondes, les rares courageux qui osent s'aventurer à l'extérieur se retrouvent paralysés, comme si un dieu quelconque venait de les prendre en photo. Emportés par l'élan de leur trottinement, certains d'entre eux se mettent à glisser le temps d'un ultime ballet. Ils sont presque beaux, chacun dans leur style, anges tordus avec écharpes plantées dans le ciel, danseuses de boîte à musique en bout de course ralentissant au rythme de leur tout dernier souffle.

Partout, passants gelés ou en passe de l'être s'empalent dans la roseraie des fontaines. Seules les horloges continuent de faire battre le cœur de la ville comme si de rien n'était.

« On m'avait pourtant prévenue de ne pas monter en haut d'Arthur's Seat. On m'avait bien dit que cette vieille femme était folle », pense ma mère. La pauvre fille a l'air morte de froid. Si le docteur parvient à réparer mon cœur, je crois qu'elle aura encore plus de boulot avec le sien… Moi, j'attends tout nu, allongé sur l'établi qui jouxte le plan de travail, le torse coincé dans un étau en métal. Je commence sérieusement à me cailler.

Un très vieux chat noir avec des manières de groom est perché sur la table de la cuisine. Le docteur lui a fabriqué une paire de lunettes. Monture verte assortie à ses yeux, la classe. Il observe la scène d'un air blasé – il ne lui manque plus qu'un journal économique et un cigare, à celui-là.

Docteur Madeleine se met à farfouiller sur l'étagère des horloges mécaniques. Elle en sort nombre de modèles différents. Des anguleuses à l'allure sévère, des rondelettes, des boisées, et des métalliques, prétentieuses jusqu'au bout des aiguilles. D'une oreille elle écoute mon cœur défectueux, de l'autre les tic-tac. Ses yeux se plissent, elle ne semble pas satisfaite. On dirait une de ces vieilles pénibles qui prennent un quart d'heure pour choisir une tomate au marché. Puis, tout à coup, son regard s'éclaire. « Celle-ci ! » s'écrie-t-elle en caressant du bout des doigts les engrenages d'une vieille horloge à coucou.

L'horloge doit mesurer environ quatre centimètres sur huit, elle est toute en bois sauf le mécanisme, le cadran et les aiguilles. La finition est assez rustique, « du solide », pense le docteur tout haut. Le coucou, grand comme une phalange de mon petit doigt, est rouge aux yeux noirs. Son bec toujours ouvert lui donne un air d'oiseau mort.

— Tu auras un bon cœur avec cette horloge ! Et ça ira très bien avec ta tête d'oiseau, dit Madeleine en s'adressant à moi.

Ça ne me plaît pas trop cette histoire d'oiseau. En même temps, elle essaie de me sauver la vie, je ne vais pas chipoter.

Docteur Madeleine enfile un tablier blanc – cette fois c'est sûr, elle va se mettre à cuisiner. Je me sens comme un poulet grillé qu'on aurait oublié de tuer. Elle fouille dans un saladier, choisit des lunettes de soudeur et couvre son visage avec un mouchoir. Je ne la vois plus sourire. Elle se penche sur moi et me fait respirer de l'éther. Mes paupières se ferment, souples comme les persiennes d'un soir d'été très loin d'ici. Je n'ai plus envie de crier. Je la regarde tandis que le sommeil me gagne lentement. Tout est arrondi chez elle, les yeux, les pommettes ridées façon reinettes, la poitrine. Une vraie machine à s'emmitoufler. Même que lorsque je n'aurai pas faim, je ferai semblant que si. Juste pour lui croquer les seins.

Madeleine découpe la peau de mon torse avec de grands ciseaux crantés. Le contact de leurs dents minuscules me chatouille un peu. Elle glisse la petite horloge sous ma peau et commence à connecter les engrenages aux artères du cœur. C'est délicat, il ne faut rien abîmer. Elle utilise son solide fil d'acier, très fin, pour fabriquer une douzaine de minuscules nœuds. Le cœur bat de temps en temps, mais la quantité de sang envoyée dans les artères est faible. « Qu'est-ce qu'il est blanc ! » dit-t-elle à voix basse.

C'est l'heure de vérité. Docteur Madeleine remonte l'horloge à minuit pile… Rien ne se passe. Le système mécanique ne semble pas assez puissant pour entraîner les pulsations cardiaques. Mon cœur n'a pas battu depuis un moment dangereusement long. J'ai la tête qui tourne, je me sens comme dans un rêve exténuant. Le docteur appuie légèrement sur les engrenages de manière à enclencher le mouvement.

« Tic, tac », fait l'horloge. « Bo-boum », répond le cœur, et les artères se colorent de rouge. Peu à peu, le tic-tac s'accélère, le bo-boum aussi. Tic-tac. Bo-boum. Tic-tac. Bo-boum. Mon cœur bat à une vitesse presque normale. Docteur Madeleine retire doucement ses doigts des engrenages. L'horloge ralentit. Elle actionne à nouveau la machine pour relancer la mécanique ; mais dès qu'elle retire ses doigts, le rythme du cœur faiblit. On dirait qu'elle câline une bombe en se demandant quand elle va exploser.

Tic-tac. Bo-boum. Tic-tac. Bo-boum.

Les premiers faisceaux de lumière rebondissent sur la neige et viennent se faufiler à travers les volets. Docteur Madeleine est épuisée. Moi, je me suis endormi ; peut-être que je suis mort parce que mon cœur s'est arrêté trop longtemps.

Tout à coup, le chant du coucou retentit si fort dans ma poitrine que j'en tousse de surprise. Les yeux grands ouverts, je découvre Docteur Madeleine les bras levés comme si elle venait de réussir un penalty en finale de coupe du monde.

Puis elle se met à recoudre ma poitrine à la manière d'un grand couturier ; on ne dirait pas que je suis abîmé mais plutôt que ma peau est vieillie, genre rides de Charles Bronson. La classe. Le cadran est protégé par un pansement énorme.

Chaque matin, il faudra me remonter à l'aide d'une clé. Sans quoi je pourrais m'endormir pour toujours.

Ma mère dit que je ressemble à un gros flocon avec des aiguilles qui dépassent. Madeleine répond que c'est un bon moyen de me retrouver en cas de tempête de neige.

Il est midi, le docteur raccompagne la jeune fille à la porte avec sa façon chaleureuse de sourire au milieu des catastrophes. Ma jeune mère avance doucement. La commissure de ses lèvres tremble.

Elle s'éloigne avec sa démarche de vieille dame mélancolique au corps d'adolescente.

En se mélangeant à la brume, ma mère devient un fantôme de porcelaine. De ce jour étrange et merveilleux, je ne l'ai plus revue.

2

Chaque jour, Madeleine reçoit des visites. Les patients qui n'ont pas les moyens d'avoir recours aux soins d'un médecin « diplômé » lorsqu'ils se cassent quelque chose finissent toujours par atterrir ici. Qu'il s'agisse d'en régler la mécanique ou d'en réparer un en prenant le temps de parler, elle aime bricoler le cœur des gens. Je me sens agréablement normal avec mon horloge lorsque j'entends un client se plaindre de la rouille dans sa colonne vertébrale.

— C'est du métal, c'est normal !

— Oui, mais ça grince dès que je bouge un bras !

— Je vous ai déjà prescrit un parapluie. Il est difficile d'en trouver en pharmacie, je sais. Pour cette fois, je vous prête le mien, mais essayez de vous en procurer un d'ici notre prochain rendez-vous.

J'assiste aussi au défilé de jeunes couples bien habillés qui gravissent la colline pour adopter les enfants qu'ils n'ont pas réussi à avoir. Ça se déroule comme une visite d'appartement, Madeleine fait l'article de tel enfant qui ne pleure jamais, mange équilibré ou est déjà propre.

J'attends mon tour, posé sur un canapé. Je suis le plus petit modèle, on pourrait presque me faire tenir dans une boîte à chaussures. Lorsque l'attention se tourne vers moi, cela débute toujours par des sourires plus ou moins faussement émus, jusqu'au moment où l'un des futurs parents demande : « D'où vient ce tic-tac-tic-tac qu'on entend là ? »

Alors, le docteur m'assied sur ses genoux, déboutonne mes vêtements et découvre mon pansement. Certains hurlent, d'autres se contentent de grimacer en disant :

— Oh mon Dieu ! Qu'est-ce que c'est que ce truc ?

— Si ce n'était qu'une histoire de Dieu, nous ne serions pas ici pour en parler. Ce « truc », comme vous dites, c'est une horloge qui permet au cœur de cet enfant de battre normalement, répond-elle sèchement.

Les petits couples prennent un air gêné et vont chuchoter dans la pièce à côté, mais le verdict ne varie jamais :

— Non, merci, pouvons-nous voir d'autres enfants ?

— Oui, suivez-moi, j'ai deux petites filles qui sont nées la semaine de Noël, propose-t-elle, presque guillerette.

Au début, je ne me rendais pas vraiment compte de ce qui se passait, j'étais trop jeune. Mais en grandissant, c'est devenu vexant d'être en quelque sorte le bâtard du chenil. Je me demande vraiment pourquoi une simple horloge peut autant rebuter les gens à ce point. Ce n'est que du bois après tout !

Aujourd'hui, alors que pour la énième fois je viens de me faire recaler à l'adoption, un patient régulier du docteur s'approche de moi. Arthur est un ancien officier de police qui a viré clochard alcoolique. Tout est froissé chez lui, de son pardessus jusqu'à ses paupières. Il est assez grand. Il le serait plus encore s'il se tenait droit. D'habitude, il ne me parle jamais. Curieusement, j'aime la façon dont on ne se parle pas. Il y a quelque chose de rassurant dans sa manière de traverser la cuisine en boitant, avec un demi-sourire et un geste de la main.

Tandis que dans la pièce adjacente Madeleine s'occupe des petits couples bien habillés, Arthur se dandine. Sa colonne vertébrale grince comme une porte de prison. Enfin, il se lance :

— Ne t'inquiète pas, petit ! Tout finit par passer dans la vie, tu sais. On guérit toujours, même si ça prend du temps. J'ai perdu mon emploi quelques semaines avant le jour le plus froid du monde et ma femme m'a foutu dehors. Et dire que j'avais accepté de rentrer dans la police pour elle. Moi, je rêvais de devenir musicien, mais nous manquions cruellement de revenus.

— Qu'est-ce qui s'est passé pour que la police ne veuille plus de toi ?

— Chassez le naturel, il revient au galop ! Je chantais les dépositions pour les relire et je passais plus de temps sur le clavier de mon harmonium que sur la machine à écrire du commissariat. Et puis je buvais un peu de whisky, juste ce qu'il fallait pour me fabriquer un joli grain de voix... Mais eux, ils n'y connaissaient rien en musique, tu comprends ? Ils ont fini par me demander de partir. Et là, j'ai eu le malheur de raconter pourquoi à ma femme. La suite, tu la connais... J'ai alors dépensé le peu d'argent qu'il me restait pour boire du whisky. C'est ce qui m'a sauvé la vie, tu sais.

J'adore la manière qu'il a de dire « tu sais ». Il prend un ton très solennel pour m'expliquer que le whisky lui a « sauvé la vie ».

— En ce fameux 16 avril 1874, le froid m'a brisé la colonne vertébrale : seule la chaleur de l'alcool que j'ingurgite depuis ces sombres événements m'a empêché de geler entièrement. Je suis l'unique rescapé des clochards, tous mes camarades sont morts de froid.

Il retire son manteau et me demande de regarder son dos. Je suis un peu mal à l'aise, mais je ne me sens pas de le lui refuser.

— Pour en réparer la partie brisée Docteur Madeleine m'a greffé un bout de colonne vertébrale musicale, dont elle a accordé les os. Je me tape dans le dos avec un marteau et je peux jouer des mélodies. Ça sonne très bien mais par contre je marche en crabe. Vas-y, joue quelque chose si tu veux, me dit-il en me tendant son petit marteau.

— Je ne sais rien jouer !

— Attends, attends, on va chanter un peu, tu vas voir.

Il se met à chanter *Oh When the Saints* en s'accompagnant avec son ossophone. Sa voix est réconfortante comme un bon vieux feu de cheminée un soir d'hiver.

En partant, il ouvre sa besace, elle est remplie d'œufs de poule.

— Pourquoi trimballer tous ces œufs ?

— Parce qu'ils sont remplis de souvenirs... Ma femme les cuisinait merveilleusement bien. Lorsque je m'en fais cuire, j'ai l'impression d'être à nouveau avec elle.

— Tu arrives à les cuisiner aussi bien ?

— Non, je fais des trucs infects, mais cela me permet de raviver plus facilement nos souvenirs. Prends-en un, si tu veux.

— Je ne veux pas qu'il te manque un souvenir.

— Ne t'inquiète pas pour moi, j'en ai presque trop. Tu ne le sais pas encore, mais un jour, tu seras bien content d'ouvrir ton sac et d'y trouver un souvenir de ton enfance.

En attendant, ce que je sais, c'est que dès que retentiront les accords mineurs de *Oh When the Saints,* mes brumes de soucis se dissiperont pour quelques heures.

Depuis mon cinquième anniversaire, le docteur a cessé de me montrer à ses clients. Je me pose de plus en plus de questions, et le besoin de réponses augmente chaque jour.

Mon désir de découvrir le « rez-de-chaussée de la montagne » devient lui aussi obsessionnel. J'en perçois le grondement mystérieux lorsque je grimpe sur le toit de la maison, seul avec la nuit. La lumière de la lune nimbe les rues du cœur de la ville d'une aura sucrée, je rêve d'y croquer.

Madeleine ne cesse de me répéter que le temps d'affronter la réalité de la ville viendra bien assez tôt.

— Il ne faut pas que tu t'emballes, chaque battement de ton cœur est un petit miracle, tu sais. C'est fragile, ce bricolage. Ça devrait s'améliorer en grandissant mais il faudra que tu sois patient.

— Combien de tours d'aiguille des heures ça prendra ?

— Quelques-uns… quelques-uns. Je voudrais que ton cœur se solidifie encore un peu, avant de te lâcher dans la nature.

Je dois le reconnaître, mon horloge me cause quelques tracas. C'est la partie la plus sensible de mon corps. Je ne supporte pas qu'on y touche, à part Madeleine. C'est elle qui, à l'aide d'une petite clé, me remonte chaque matin. Lorsque je prends froid, les quintes de toux me font mal aux engrenages. Comme s'ils allaient transpercer ma peau. Je déteste le bruit de vaisselle cassée que ça produit.

Mais le souci majeur, c'est le décalage horaire. Le soir venu, ce tic-tac qui résonne partout dans mon corps m'empêche de trouver le sommeil. Du coup, je peux m'écrouler de fatigue en plein après-midi et me sentir en pleine forme au beau milieu de la nuit. Je ne suis pourtant ni un hamster ni un vampire, seulement un insomniaque.

En revanche, comme souvent les gens qui souffrent d'une maladie, j'ai droit à quelques agréables contreparties. J'aime ces précieux moments où Madeleine, tel un fantôme en chemise de nuit, se glisse dans ma chambre pour calmer mes insomnies à coups de berceuses hantées, une tasse de chocolat chaud à la main. Il arrive qu'elle psalmodie jusqu'à l'aube en caressant mes engrenages du bout des doigts. C'est extrêmement doux. « *Love is dangerous for your tiny heart* », répète-t-elle de façon hypnotique. On dirait qu'elle récite les formules d'un vieux grimoire pour que je trouve le sommeil. J'aime entendre résonner sa voix sous un ciel crevé d'étoiles, même si la façon dont elle susurre « *love is dangerous for your tiny heart* » me paraît un peu étrange.

Le jour de mon dixième anniversaire, Docteur Madeleine accepte enfin de m'emmener en ville. Je le lui réclame depuis si longtemps… Elle ne peut pourtant s'empêcher, jusqu'au dernier moment, de reculer l'échéance, rangeant des objets, passant d'une pièce à une autre.

Alors que je la suis à la cave, trépignant, je découvre une étagère remplie de bocaux. Certains sont étiquetés « larmes 1850-1857 », d'autres sont remplis de « pommes du jardin ».

— À qui sont toutes ces larmes ? je lui demande.

— Ce sont les miennes. Dès que je pleure, je récupère mes larmes dans un flacon et je les stocke dans cette cave pour en faire des cocktails.

— Comment est-ce possible que tu en fabriques de telles quantités ?

— Dans ma jeunesse, un embryon s'est trompé de direction pour rejoindre mon ventre. Il s'est coincé dans l'une de mes trompes, provoquant une hémorragie interne. Depuis ce jour, je ne peux pas avoir d'enfant. Même si je suis heureuse d'en faire naître pour les autres, j'ai beaucoup pleuré. Mais ça va mieux depuis que tu es là…

J'ai honte de lui avoir posé cette question.

— Un jour de longs sanglots, je me suis aperçu que boire les larmes apportait du réconfort, surtout mélangées à un peu d'alcool de pomme. Mais il ne faut pas en prendre lorsqu'on est dans un état normal, sinon, on ne parvient plus à être joyeux sans en boire et c'est le cercle vicieux, on n'arrête pas de pleurer pour pouvoir boire ses larmes.

— Tu passes ton temps à réparer les gens, mais tu noies tes blessures dans l'alcool de tes propres larmes, pourquoi ?

— Ne t'inquiète pas pour tout ça, je crois que nous devons descendre en ville aujourd'hui, il y a un anniversaire à fêter, n'est-ce pas ? dit-elle en s'efforçant de sourire.

L'histoire des larmes de Madeleine m'a troublé, la descente de la colline tarde à réactiver mon excitation. Pourtant, dès que j'aperçois Édimbourg, mes rêves reprennent le dessus.

Je me sens tel Christophe Colomb découvrant l'Amérique ! Le labyrinthe tordu des rues m'attire comme un aimant. Les maisons penchent les unes vers les autres, rétrécissant le ciel. Je cours ! On dirait qu'un simple souffle pourrait faire s'écrouler la ville comme un domino de briques. Je cours ! Les arbres sont restés plantés en haut de la colline mais les gens poussent de partout, les femmes explosent par bouquets, chapeaux-coquelicots, robes-coquelicots ! Des balcons, elles s'étirent à travers les fenêtres jusqu'au marché qui colore la place St Salisbury.

Je m'y engouffre ; des bruits de sabot claquent sur le pavé ; le son des voix qui se mêlent m'emporte. Ça et ce grand clocher qui sonne avec un cœur dix fois plus gros que le mien.

— C'est mon père celui-là ?

— Non, non, ce n'est pas ton père... C'est le canon de treize heures, il ne sonne qu'une fois par jour, répond Madeleine, essoufflée.

Nous traversons la place. Au détour d'une ruelle une musique retentit, aussi malicieuse et mélancolique que des étincelles harmonisées. Cette mélodie me bouleverse ; j'ai l'impression qu'il pleut et qu'il fait soleil en même temps partout en moi.

— C'est un orgue de Barbarie, c'est joli n'est-ce pas ? me dit Madeleine. Cet instrument fonctionne à peu près de la même manière que ton cœur, c'est sans doute pour ça qu'il te plaît autant. C'est de la mécanique avec des émotions à l'intérieur.

Je croyais que je venais d'entendre le son le plus ravissant de toute ma vie, mais je n'étais pas au bout de mes surprises pimentées. Une fille minuscule avec des airs d'arbre en fleur s'avance devant l'instrument de musique et commence à chanter. Le son de sa voix rappelle le chant d'un rossignol, mais avec des mots. *J'ai perdu mes lunettes, enfin j'ai pas voulu les mettre, elles me font une drôle de tête, une tête de flamme... à lunettes.*

Ses bras ressemblent à des branches et ses cheveux noirs ondulés embrasent son visage comme l'ombre d'un incendie. Son nez magnifiquement bien dessiné est si minuscule que je me demande comment elle peut respirer avec – à mon avis, il est juste là pour décorer. Elle danse comme un oiseau en équilibre sur des talons aiguilles, féminins échafaudages. Ses yeux sont immenses, on peut prendre le temps de regarder à l'intérieur. On y lit une détermination farouche. Elle a un port de tête altier, telle une danseuse de flamenco miniature. Ses seins ressemblent à deux petites meringues si merveilleusement bien cuites qu'il serait inconvenant de ne pas les dévorer sur-le-champ.

Je me fous d'y voir flou pour embrasser et chanter, j'préfère garder les yeux fermés.

Une sensation de chaleur m'envahit. Le manège de la petite chanteuse me fait peur, mais je meurs d'envie d'y monter. L'odeur de barbe à papa et de poussière m'assèche la gorge, je ne sais pas comment ça marche une fusée rose, mais il faut que je monte.

D'un seul coup, je me mets à chanter à mon tour, comme dans les comédies musicales. Le docteur me regarde avec son air de enlève-moi-tout-de-suite-tes-mains-de-la-gazinière.

Oh mon petit incendie, laissez-moi croquer vos habits, les déchiqueter à belles dents, les recracher en confettis pour vous embrasser sous une pluie... Ai-je bien entendu « confettis » ?

Le regard de Madeleine vocifère.

Je n'y vois que du feu, en quelques pas seulement je peux me perdre au loin, si loin dans ma rue, que je n'ose même plus regarder le ciel droit dans les yeux, je n'y vois que du feu.

— Je vous guiderai à l'extérieur de votre tête, je serai votre paire de lunettes et vous serez mon allumette.

— Il me faut vous faire un aveu, je vous entends mais ne pourrais jamais vous reconnaître même assis entre deux petits vieux...

— On s'frottera l'un contre l'être à s'en faire cramer le squelette et à l'horloge de mon cœur à minuit pile on prendra feu, pas même besoin d'ouvrir les yeux.

— Je sais, je suis une flamme de tête, mais quand la musique s'arrête j'ai du mal à rouvrir les yeux, je m'enflamme allumette mes paupières brûlent de mille feux à en écraser mes lunettes sans penser à rouvrir les yeux.

Au moment où nos voix montent à l'unisson, son talon gauche se plante entre deux pavés, elle vacille comme une toupie en fin de course et s'étale sur la chaussée glacée. Un accident comique mais violent. Du sang coule sur sa robe en plumes d'oiseau. Elle a des allures de mouette écrasée. Même ratatinée sur les pavés, je la trouve émouvante. Elle enfile avec difficulté une paire de lunettes aux branches tordues, tâtonnant telle une somnambule. Sa mère la tient par la main, plus fermement que les parents le font habituellement, disons qu'elle la retient par la main.

J'essaie de lui dire quelque chose, mais les mots restent coincés dans ma gorge. Je me demande comment des yeux aussi grands et merveilleux peuvent aussi mal fonctionner, au point qu'elle se cogne aux choses.

Docteur Madeleine et sa mère échangent quelques mots, on dirait les propriétaires de deux chiens qui viendraient de se battre.

Mon cœur accélère encore, j'ai du mal à reprendre mon souffle. J'ai l'impression que l'horloge enfle et qu'elle remonte dans ma gorge. Est-ce qu'elle vient de sortir d'un œuf ? Est-ce que cette fille se mange ? Est-ce qu'elle est en chocolat ? Qu'est-ce que c'est que ce bordel ?

J'essaie de regarder dans ses yeux, mais son incroyable bouche a kidnappé les miens. Je ne pensais pas qu'on puisse passer autant de temps à observer une bouche.

Tout à coup, le coucou dans mon cœur se met à sonner, très fort, bien plus fort que lorsque je fais mes crises. Je sens mes engrenages tourner à toute vitesse, comme si j'avais avalé un hélicoptère. Le carillon me brise les tympans, je me bouche les oreilles et, bien sûr, c'est encore pire. Les aiguilles vont me trancher la gorge. Docteur Madeleine essaie de me calmer avec des gestes lents, à la façon d'un oiseleur qui tente d'attraper un canari paniqué dans sa cage. J'ai atrocement chaud.

J'aurais voulu faire aigle royal, ou goéland majestueusement cool, mais au lieu de ça j'ai fait canari stressé empêtré dans ses soubresauts. J'espère que la petite chanteuse ne m'a pas vu. Mon tic-tac claque sec, mes yeux s'ouvrent, je suis nez à nez avec le bleu du ciel. Au bout du col de ma chemise, la poigne de fer du docteur décolle légèrement mes talons du sol. Elle me saisit par le bras.

— On rentre, immédiatement ! Tu as fait peur à tout le monde ! Tout le monde !

Elle semble furieuse et inquiète à la fois. Je me sens honteux. En même temps je me remémore les images de cet arbuste de fille qui chante sans lunettes et regarde le soleil dans les yeux. Imperceptiblement, je me laisse tomber amoureux. Perceptiblement, aussi. À l'intérieur de mon horloge, c'est le jour le plus chaud du monde.

Après un quart d'heure de réglages et une bonne soupe de vermicelles, j'ai retrouvé mon drôle d'état normal.

Madeleine, elle, a les traits tirés, comme lorsqu'elle chante trop longtemps pour parvenir à m'endormir, mais avec un air plus soucieux.

— Ton cœur n'est qu'une prothèse, il est plus fragile qu'un cœur normal et ce sera toujours ainsi. Les émotions ne sont pas aussi bien filtrées par les mécanismes de l'horloge qu'elles le seraient par les tissus. Il faut vraiment que tu sois très prudent. Ce qui s'est passé en ville quand tu as vu cette petite chanteuse confirme ce que je craignais : l'amour est trop dangereux pour toi.

— J'ai adoré regarder sa bouche.

— Ne dis pas ça !

— Elle a un jeu de fossettes très varié, son sourire multiplie les combinaisons, et du coup ça donne envie de la contempler très longtemps.

— Tu ne te rends pas compte, tu prends ça comme un jeu. Mais c'est un jeu avec le feu, un jeu dangereux, surtout quand on a un cœur en bois. Tu as mal aux engrenages quand tu tousses, n'est-ce pas ?

— Oui.

— Eh bien, c'est une souffrance ridicule par rapport à celles que peut engendrer l'amour. Tout le plaisir et toute la joie que l'amour peut faire ressentir se paient un jour ou l'autre en souffrances. Et plus on aime fort, plus la douleur à venir sera décuplée. Tu connaîtras le manque, puis les affres de la jalousie, de l'incompréhension, la sensation de rejet et d'injustice. Tu auras froid jusque dans tes os, et ton sang fera des glaçons que tu sentiras passer sous ta peau. La mécanique de ton cœur explosera. Je t'ai moi-même greffé cette horloge, je connais parfaitement les limites de son fonctionnement. Peut-être qu'elle résisterait à l'intensité du plaisir, et encore. Mais elle n'est pas assez solide pour supporter le chagrin amoureux.

Madeleine a un sourire triste – toujours cet étrange faux contact, mais sans colère cette fois.

3

Le mystère qui entoure cette petite chanteuse m'émoustille. Je fais une collection d'images mentales de ses longs cils, de ses fossettes, de son nez parfait et des ondulations de ses lèvres. J'entretiens son souvenir comme on prendrait soin d'une fleur délicate. Ça me fait de grosses journées.

Je ne pense qu'à une chose, la retrouver. Goûter encore cette indicible sensation, le plus vite possible. Je risque d'en cracher des oiseaux par le nez ? Il faudra me réparer le cœur souvent, et alors ? On me le répare depuis que je suis né, ce truc. Je suis en danger de mort ? Peut-être, mais je suis en danger de vie si je ne la revois pas, et, à mon âge, je trouve ça encore plus grave.

Je comprends mieux pourquoi le docteur tenait tant à retarder ma confrontation avec le monde extérieur. Avant de connaître le goût des fraises au sucre, on n'en demande pas tous les jours.

Certains soirs la petite chanteuse vient également visiter mes rêves. Cette nuit, elle mesure deux centimètres, entre dans le trou de serrure de mon cœur et s'assoit à califourchon sur l'aiguille de mes heures. Elle me regarde avec ses yeux de biche élégante. Même endormi, c'est impressionnant. Puis elle commence à me lécher doucement l'aiguille des minutes. Je me sens butiné, quelque chose de mécanique se met en marche, je ne suis pas sûr qu'il s'agisse seulement de mon cœur… CLIC CLOC DONG ! CLIC CLOC DING ! Putain de coucou ! Je me réveille brusquement.

« *Love is dangerous for your tiny heart even in your dreams, so please dream softly* », me susurre Madeleine. Dors maintenant…

Comme si c'était facile avec un cœur pareil !

Le lendemain, je suis réveillé en sursaut par des coups de marteau. Debout sur une chaise, Madeleine plante un clou au-dessus de mon lit. Elle semble très déterminée avec son morceau d'ardoise entre les dents. C'est horriblement désagréable, comme si le clou s'enfonçait directement dans mon crâne. Puis elle accroche l'ardoise, sur laquelle il est sinistrement inscrit :

Premièrement, ne touche pas à tes aiguilles. Deuxièmement, maîtrise ta colère. Troisièmement, ne te laisse jamais, au grand jamais, tomber amoureux. Car alors pour toujours à l'horloge de ton cœur la grande aiguille des heures transpercera ta peau, tes os imploseront, et la mécanique du cœur sera brisée de nouveau.

Cette ardoise me terrorise. Je n'ai même plus besoin de la lire, je la connais par cœur. Elle souffle un vent de menace entre mes engrenages.

Mais l'horloge a beau être fragile, la petite chanteuse s'y est confortablement installée. Elle a déposé ses valises d'enclumes dans tous les coins, pourtant je ne me suis jamais senti aussi léger que depuis que je l'ai rencontrée.

Il faut coûte que coûte que je trouve un moyen de la retrouver. Comment s'appelle-t-elle ? Où la voir de nouveau ? Je sais seulement que sa vue n'est pas très bonne et qu'elle chante comme les oiseaux, mais avec des mots. Rien d'autre.

J'essaie de demander discrètement aux jeunes couples qui viennent pour adopter. Personne ne me répond. Je tente ma chance avec Arthur. « Je l'ai déjà entendue chanter en ville, mais ça fait un bon moment que je ne l'ai pas vue. » Peut-être les filles seront-elles plus enclines à me donner un indice.

Anna et Luna sont deux prostituées qui se pointent toujours en période de Noël en baissant les yeux sur leur ventre arrondi. À la manière dont elles me répondent « non, non, on ne sait rien, on ne sait rien… on ne sait rien, Anna, hein ? On ne sait rien du tout, nous ? », je sens que je suis sur la bonne piste.

Elles ressemblent à deux vieilles gamines. C'est du reste ce qu'elles sont, deux gamines de trente ans avec des déguisements en léopard moulants. Leurs vêtements ont toujours cet étrange parfum d'herbes provençales, même lorsqu'elles ne fument pas. Ces cigarettes qui leur fabriquent une aura de brume semblent leur chatouiller le cerveau tellement elles les font rire. Leur jeu préféré consiste à m'enseigner des mots nouveaux. Elles ne me révèlent jamais leur sens, mais s'appliquent à ce que je les prononce parfaitement. Parmi tous les noms merveilleux qu'elles m'apprennent, mon préféré restera « cunnilingus ». J'imagine un héros de la Rome antique, Cunnilingus. Il faut le répéter plusieurs fois Cu-ni-lin-guss, Cunnilingus, Cunnilingus. Quel mot fantastique !

Anna et Luna ne viennent jamais les mains vides. Toujours un bouquet de fleurs piquées au cimetière, ou la redingote d'un client mort pendant un coït. Pour mon anniversaire, elles m'ont offert un hamster. Je l'ai appelé « Cunnilingus ». Elles avaient l'air très touchées que je le baptise ainsi. « Cunnilingus, mon amour ! » chantonne toujours Luna en tapotant les barreaux de sa cage du bout de ses ongles vernis.

Anna est une grande rose fanée au regard arc-en-ciel dont la pupille gauche, un quartz installé par Madeleine pour remplacer son œil crevé par un mauvais payeur, change de couleur selon la météo. Elle parle très vite, comme si le silence lui faisait peur. Lorsque je lui demande pour la petite chanteuse, elle me dit qu'elle n'en a « jamais entendu parler ! ». Quand elle prononce cette phrase, son débit est encore plus rapide que d'habitude. Je sens qu'elle brûle d'envie de me révéler quelque secret. J'en profite pour poser des questions générales d'amour ; à voix basse car je ne souhaite pas vraiment que Madeleine s'en mêle.

— Tu sais, je travaille à l'amour depuis longtemps. Je n'en ai pas toujours beaucoup reçu, mais le fait de simplement donner me rend heureuse, parfois. Je ne suis pas une bonne professionnelle. Je tombe amoureuse dès qu'un client devient régulier et je me mets à refuser l'argent. S'ensuit une période où ils viennent tous les jours, souvent avec des cadeaux. Mais ils finissent par se lasser. Je sais que je ne devrais pas m'enflammer, mais je ne peux m'en empêcher. Il y a toujours un moment aussi ridicule qu'agréable où je crois à l'impossible.

— L'impossible ?

— Ce n'est pas facile de vivre avec un cœur d'artichaut quand on fait mon métier, tu comprends.

— Je crois que je comprends.

Et puis il y a Luna, blonde chatoyante, version préhistorique de Dalida, avec ses gestes lents et son sourire brisé, funambule sur talons aiguillissimes. Sa jambe droite a partiellement gelé le jour le plus froid du monde. Madeleine l'a remplacée par une prothèse en acajou avec un porte-jarretelles dessiné en pyrogravure. Elle me fait penser à la petite chanteuse, même accent de rossignol, même spontanéité.

— Tu ne connaîtrais pas une petite chanteuse avec la même façon de parler que toi qui se cogne partout ? je lui glisse parfois.

Elle fait mine de ne pas entendre et change de sujet. J'imagine que Madeleine leur a fait promettre de ne rien me révéler à propos de la petite chanteuse.

Un beau jour, lassée d'ignorer mes incessantes questions, elle me répond :

— Je ne sais rien à propos de la petite Andalouse...

— Qu'est-ce que c'est *Andalouse* ?

— J'ai rien dit, j'ai rien dit, demande plutôt à Anna.

— Anna ne sait rien...

Je tente le coup de poker du garçon triste, tête baissée, yeux mi-clos.

— Tu as déjà appris quelques rudiments de séduction, à ce que je vois, enchaîne Anna. Tou né lé dira à personne ?

— Non, bien sûr que non !

Elle se met à chuchoter, ses mots sont à peine audibles :

— Ta petite chanteuse vient de Granada, *Andalucia*, très loin d'ici. Ça fait longtemps que je ne l'ai pas entendue chanter en ville. Elle est peut-être repartie là-bas, chez ses grands-parents...

— À moins qu'elle ne soit tout simplement à l'école, ajoute Anna avec sa voix de 33 tours passée à la vitesse 45.

— Merci !

— Chut... *calla té* ! lance Luna, qui se met à parler sa langue natale que lorsqu'elle s'énerve.

Mon sang pétille, je jubile. Une poussée de joie pure. Mon rêve gonfle comme une pâtisserie au four, je crois qu'il est prêt pour son passage à la réalité. Demain, je prends mon élan du sommet de la colline, je sors la grand-voile, et cap sur l'école !

Sauf qu'avant ça, il va falloir convaincre Madeleine.

— À l'école ? Mais tu vas t'ennuyer ! Tu devras lire des livres qui ne te plairont pas, alors qu'ici tu choisis ceux que tu veux… Il te faudra rester assis de longues heures sans bouger et il te sera interdit de parler, de faire du bruit. Même pour rêver il faudra que tu attendes la récréation. Je te connais, tu vas détester ça.

— Oui, peut-être, mais je suis curieux de savoir ce qu'on apprend à l'école.

— Étudier ?

— Oui, c'est ça. Je veux étudier. Ici tout seul, je ne peux pas.

Un sacré concours de mauvaise foi de part et d'autre. En équilibre entre l'envie de rire et de se mettre en colère.

— Tu ferais mieux de commencer par réviser ce qu'il y a écrit sur ton ardoise, je crois que tu l'oublies un peu vite. Je redoute ce qu'il pourrait t'arriver là-bas.

— Tout le monde va à l'école. Quand tu as du travail, je me sens seul en haut de la colline, j'aimerais rencontrer des gens de mon âge, aussi. J'ai besoin de découvrir le monde maintenant, tu comprends…

— Découvrir le monde à l'école… (Long soupir.) D'accord. Si tu veux aller à l'école, je ne t'en empêcherai pas, finit par dire Madeleine, la mort dans l'âme.

Je fais mon possible pour contenir ma joie. Il serait inconvenant de me mettre à danser en levant les bras.

Enfin arrive le jour tant attendu. Je porte un costume noir qui me donne l'air d'un adulte malgré mes onze ans. Madeleine m'a conseillé de ne jamais quitter ma veste, même en classe, pour que personne ne découvre mon horloge.

Avant de partir, j'ai pris soin de glisser dans mon cartable quelques paires de lunettes récupérées dans son atelier. Elles prennent plus de place que les cahiers. J'ai installé Cunnilingus dans la poche gauche de ma chemise, juste au-dessus de l'horloge. Il sort parfois la tête avec une expression de hamster satisfait.

— Fais attention à ce qu'il ne morde personne ! plaisantent Anna et Luna en descendant la colline.

Arthur, qui boite quelques longueurs derrière nous, grince silencieusement.

L'école est située dans le quartier très bourgeois de Calton hill, juste en face de la cathédrale St Gilles. Devant l'entrée, c'est le pays des manteaux de fourrure. On dirait que toutes les femmes se sont déguisées en grosses poules en plastique – elles caquettent fort. Les rires d'Anna et Luna les font grimacer. Elles observent le pas traînant d'Arthur et la bosse qui gonfle mon poumon gauche d'un regard méprisant. Leurs maris, encostardisés de la tête aux pieds, ont des allures de cintres qui se seraient mis à marcher. Ils font mine d'être choqués par notre petite tribu tordue mais ne manquent pas de jeter un coup d'œil dans les décolletés des deux filles.

Après un rapide au revoir à ma famille de fortune, je passe l'immense portail – à croire qu'on m'a inscrit dans une école pour géants. La cour semble impossible à traverser même si le préau, qui fait office de cages de football, paraît, lui, assez accueillant.

J'avance dans la cour. Mes yeux scrutent les visages. Les élèves ressemblent à des versions miniaturisées de leurs parents. À travers les chuchotis, on entend un peu trop bien mon horloge. Ils me regardent comme si j'avais une maladie contagieuse. Tout à coup une brunette se plante devant moi, me dévisage et se met à faire « tic, tac, tic, tac » en riant. La cour reprend en chœur. Ça me fait le même effet que lorsque les familles viennent choisir des enfants en haut de la colline – mais en pire. J'ai beau m'attarder sur chaque visage féminin, pas de petite chanteuse. Et si Luna s'était trompée ?

On entre en classe. Madeleine avait raison, je m'ennuie comme jamais je me suis ennuyé de ma vie. Putain d'école sans petite chanteuse... et me voilà inscrit pour toute l'année scolaire. Comment dire à Madeleine que je ne veux plus « étudier » maintenant ?

Pendant la récréation, je commence mon enquête en demandant si quelqu'un connaît la petite chanteuse « *Andalucia* » qui se cogne tout le temps partout. Personne ne répond.

— Elle n'est pas à l'école ici ?

Pas de réponse.

Est-ce qu'il lui serait arrivé quelque chose de grave ? Est-ce qu'elle se serait cognée un peu trop fort aux choses ?

Un type étrange surgit alors du rang. Il est plus âgé que les autres, et le sommet de son crâne dépasserait presque du préau. À sa vue, les autres élèves baissent immédiatement les yeux. Son regard de jais me glace. Il est maigre comme un arbre mort, élégant comme un épouvantail habillé par un grand couturier, et sa coiffure paraît confectionnée à base d'ailes de corbeau.

— Toi ! Le nouveau ! Qu'est-ce que tu lui veux à la petite chanteuse ?

Sa voix grave fait penser à celle d'une pierre tombale qui se mettrait à parler.

— Un jour, je l'ai vue chanter et se cogner. J'aimerais lui offrir une paire de lunettes.

Ma voix est chevrotante. J'ai l'air d'avoir cent trente ans.

— Personne ne me parle de Miss Acacia ni de ses lunettes ! Personne, tu m'entends, et certainement pas un nabot comme toi. Ne mentionne plus jamais son nom ! Tu m'as bien compris, nabot ?

Je ne réponds pas. Un murmure s'élève : « Joe... » Chaque seconde pèse lourd. Soudain, il tend l'oreille vers moi et demande :

— Comment tu fais ce bruit de tic-tac bizarre ?

Je ne réponds rien.

Il s'approche doucement, courbe sa longue carcasse pour poser son oreille contre mon cœur. Mon horloge palpite. Le temps me semble s'être arrêté. Sa barbe naissante me pique comme du fil barbelé sur la poitrine. Cunnilingus pointe sa truffe et renifle le haut du crâne de Joe. S'il se met à uriner, la situation va se compliquer.

Tout à coup, Joe arrache le bouton de ma veste, découvrant les aiguilles qui dépassent de ma chemise. La foule des curieux fait « Oooh... ». Je suis plus embarrassé que s'il venait de baisser mon pantalon. Il écoute mon cœur un long moment, puis se relève lentement.

— C'est ton cœur qui fait autant de bruit ?

— Oui.

— Tu es amoureux d'elle, n'est-ce pas ?

Sa voix profonde et sentencieuse distribue des frissons dans chacun de mes os.

Mon cerveau veut dire « non, non... » mais mon cœur, comme toujours, est plus directement relié à mes lèvres.

— Oui, je crois que je suis amoureux d'elle.

Les élèves se mettent à murmurer « OOooh... ». Une lueur de mélancolie éclaire la colère au fond des yeux de Joe, ce qui le rend plus effrayant encore. D'un simple regard, il obtient le silence dans la cour. Même le vent semble lui obéir.

— La « petite chanteuse », comme tu dis, c'est l'amour de ma vie et... elle n'est plus ici. Ne m'en parle plus jamais ! Que je ne t'entende même pas y penser sinon je te fracasse l'horloge qui te sert de cœur sur le crâne. Je te le briserai, tu m'entends ? Je te le briserai si fort que tu ne seras plus JAMAIS capable d'aimer !

Sa colère fait trembler ses longs doigts, même lorsqu'il serre le poing.

Il y a quelques heures à peine, je prenais mon cœur pour un navire capable d'éventrer un océan de réprobations. Je savais qu'il n'était pas le plus solide du monde, mais je croyais au pouvoir de mon enthousiasme. Je brûlais d'une joie si intense à l'idée de retrouver la petite chanteuse que rien n'aurait pu m'arrêter. En cinq minutes à peine, Joe vient de remettre mon horloge à l'heure de la réalité, changeant mon vibrant galion en un vieux rafiot déglingué.

— Je te le briserai si fort que tu ne seras plus JAMAIS capable d'aimer ! répète-t-il.

— Coucou ! répond ma coque de noix.

Le son de ma voix à moi est coupé, comme si j'avais reçu un coup de poing dans le ventre.

Alors que je remonte la colline, je me demande comment un si charmant chardonneret à lunettes a pu tomber entre les griffes d'un vautour comme Joe. Je me réchauffe à l'idée que ma petite chanteuse venait peut-être à l'école sans ses lunettes. Où peut-elle bien être maintenant ?

Une dame d'une quarantaine d'années interrompt mes rêveries inquiètes. Elle tient fermement Joe par la main – à moins que ce soit l'inverse, vu la taille du vautour. Elle lui ressemble, c'est la même en version flétrie avec un cul d'éléphant.

— C'est toi qui vis chez la sorcière là-haut ? D'ailleurs tu sais qu'elle fait sortir les enfants du ventre des putes ! Tu dois être sorti du ventre d'une pute toi aussi, parce que la vieille, tout le monde sait qu'elle est stérile depuis longtemps.

Quand les adultes s'en mêlent, un nouveau seuil de laideur est toujours franchi.

Malgré mon silence obstiné, Joe et sa mère continuent à m'insulter pendant une bonne partie du trajet. J'arrive au sommet de la colline avec difficulté. Saloperie d'horloge pleine de rêves ! Je te jetterais bien dans le cratère d'Arthur's Seat.

Ce soir-là, Madeleine a beau chanter pour m'endormir, ça ne fonctionne pas. Quand je me décide à lui parler de Joe, elle m'explique qu'il m'a peut-être traité ainsi pour exister aux yeux des autres, qu'il n'est pas forcément mauvais. Sans doute aussi est-il très épris de la petite chanteuse. Le chagrin amoureux peut transformer les gens en monstres de tristesse. Son indulgence pour Joe m'agace. Elle m'embrasse sur le cadran et ralentit mon rythme cardiaque en appuyant son index sur les engrenages. Je finis par fermer les yeux sans sourire.

4

Une année passe durant laquelle Joe me colle comme s'il était aimanté à mes aiguilles, m'assaisonnant de coups de poing sur l'horloge devant tout le monde. L'envie me prend parfois de lui arracher sa tignasse couleur corbeau, mais je subis ses humiliations sans broncher, avec une lassitude toujours plus grande. Mon enquête sur la petite chanteuse reste infructueuse. Personne n'ose répondre à mes questions. À l'école, c'est Joe qui fait la loi.

Aujourd'hui, à la récréation, je sors l'œuf d'Arthur des manches de mon pull. Je tente de retrouver Miss Acacia en pensant de toutes mes forces à elle. J'en oublie Joe, j'oublie même que je suis dans cette putain d'école. À mesure que je caresse l'œuf, un beau rêve se glisse sous l'écran de mes paupières. La coquille de l'œuf se fissure et la petite chanteuse apparaît, le corps recouvert de plumes rouges. Je la retiens entre le pouce et l'index, j'ai peur de l'écraser et en même temps qu'elle s'envole. Un tendre incendie se déclare entre mes doigts, ses yeux s'ouvrent quand tout à coup mon crâne fait « crac ! ».

Le jaune d'œuf coule sur mes joues, comme si mon rêve s'évacuait par les canaux lacrymaux. Joe surplombe la scène, des bouts de coquille entre les doigts. Tout le monde rit, certains applaudissent même.

— La prochaine fois, c'est ton cœur que je briserai sur ton crâne.

En classe, tout le monde s'amuse des morceaux de coquille d'œuf plantés dans mes cheveux. Des pulsions de vengeance commencent à me démanger. Les fées de mes songes se dissipent. Je passe presque autant de temps à détester Joe qu'à aimer Miss Acacia.

Les humiliations de Joe se poursuivent jour après jour. Je suis devenu le jouet sur lequel il passe ses nerfs ; sa mélancolie, aussi. J'ai beau arroser régulièrement les fleurs de mon souvenir de petite chanteuse, elles commencent à manquer de soleil.

Madeleine se donne beaucoup de mal pour me réconforter, mais ne veut toujours pas entendre parler d'histoires de cœur. Arthur n'a presque plus de souvenirs dans son sac et chante de moins en moins souvent.

Le soir de mon anniversaire, Anna et Luna viennent me faire la même surprise que chaque année. Comme d'habitude, elles s'amusent à parfumer Cunnilingus, mais, cette fois, Luna force un peu trop la dose. Le hamster se raidit dans un spasme et tombe, raide mort. La vue de mon fidèle compagnon étendu dans sa cage me remplit de tristesse. Un long « coucou » s'échappe de ma poitrine.

En guise de consolation, j'obtiens de Luna un cours de géographie sur l'Andalousie. Ah, *Andalucia*… Si seulement j'avais la certitude que Miss Acacia s'y trouvait, je partirais sur-le-champ !

Quatre années se sont écoulées depuis ma rencontre avec la petite chanteuse, et presque trois ans depuis le début de ma scolarité. Pourtant je la cherche partout et ne la trouve pas. Mes souvenirs s'effacent peu à peu sous le poids du temps.

La veille du dernier jour d'école, je vais me coucher avec un arrière-goût amer. Cette nuit, je ne trouverai pas le sommeil. Je pense trop fort à ce que je veux faire demain pour seulement somnoler. Parce que cette fois c'est décidé, j'entreprends ma conquête de l'Ouest amoureux. Il ne me reste plus qu'à savoir où se trouve la petite chanteuse en ce moment. La seule personne capable de répondre à cette question est Joe. Je regarde l'aube décalquer les ombres au son de mon tic-tac.

Nous sommes le 27 juin, dans la cour de l'école, et le ciel est bleu, si bleu que l'on se croirait partout sauf à Édimbourg. Cette nouvelle nuit blanche a aiguisé mes nerfs.

Je me dirige droit vers Joe, plus que déterminé. Avant même que je lui adresse la parole, il saisit le col de ma chemise et me soulève. Mon cœur grince, ma colère déborde, le coucou siffle. Joe harangue la foule d'élèves qui nous entoure.

— Enlève ta chemise et montre-nous un peu ce que tu as dans le ventre. On veut voir ton truc qui fait tic, tac.

— Ouais ! ! ! répond la foule.

Avec son bras, il arrache ma chemise et plante ses ongles dans mon cadran.

— Comment ça s'ouvre ?

— Il faut une clé.

— Donne-moi cette clé !

— Je ne l'ai pas, elle est chez moi, lâche-moi maintenant !

Il crochète la serrure de l'ongle de son petit doigt et s'acharne dessus. Le cadran finit par céder.

— Tu vois qu'il n'y a pas besoin de clé ! Qui veut venir toucher à l'intérieur ?

Les uns après les autres, des élèves qui ne m'ont jamais adressé la parole se succèdent pour tirer sur les aiguilles ou actionner mes engrenages sans me regarder. Ils me font mal ! Le coucou hoquette et ne s'arrête plus. Ils applaudissent, ils rient. Toute la cour reprend en chœur : « Coucou-coucou-coucou-coucou ! »

À cet instant précis, quelque chose bascule dans mon cerveau. Les rêves anesthésiés depuis des années, la rage contenue, les humiliations, tout ça se pointe au portillon. Le barrage est en train céder. Je ne peux plus rien retenir.

— Où est Miss Acacia ?

— Je n'ai pas très bien entendu ce que tu dis, fait Joe en me tordant le bras.

— Où est-elle ? Dis-moi où elle est. Qu'elle soit ici ou en Andalousie, je la retrouverai, tu m'entends !

Joe me plaque au sol et m'immobilise ventre contre terre. Mon coucou s'égosille, j'ai une sensation de feu dans l'œsophage, quelque chose se transforme en moi. De violents spasmes secouent mon corps toutes les trois secondes. Joe se retourne triomphalement.

— Alors, comme ça tu pars pour l'Andalousie, toi ? dit Joe en serrant les dents.

— Oui, je pars ! Je pars aujourd'hui.

Mes yeux sont exorbités, ma voix est exorbitée, mes mouvements sont exorbités. Je deviens un sécateur vivant capable de découper n'importe quoi et n'importe qui.

Imitant un chien qui renifle une merde, Joe approche son nez de mon horloge. Toute la cour se met à rire. C'en est trop ! Je l'attrape par la nuque et précipite son visage contre mes aiguilles. Son crâne vient sonner violemment contre le bois de mon cœur. Les applaudissements stoppent net. Je lui assène un deuxième coup, plus violent, puis un troisième. Soudain, le temps semble s'arrêter. J'aimerais posséder la photographie de cet instant précis. Les premiers hurlements de l'assistance percent le silence, en même temps que les premières giclées de sang éclaboussent les vêtements bien repassés des fayots du premier rang. Lorsque l'aiguille des heures transperce la pupille de son œil droit, son orbite se change en fontaine ensanglantée. Tout l'effroi de Joe se concentre dans son œil gauche qui contemple la gerbe de son propre sang. Je desserre mon étreinte, Joe crie comme un caniche à qui on écraserait une patte. Le sang coule entre ses doigts. Je ne ressens pas la moindre compassion. Un silence s'installe, de plus en plus long.

Mon horloge me brûle, c'est à peine si je peux la toucher. Joe ne bouge plus. Peut-être est-il mort. J'aimerais qu'il arrête de s'essuyer les pieds sur mes rêves, mais pas au point de souhaiter sa mort. Je commence à prendre peur. Des colliers de gouttes de sang vibrent dans le ciel. Autour, les élèves sont statufiés. J'ai peut-être tué Joe. Jamais je n'aurais cru avoir peur que Joe meure.

Je prends la fuite, traversant la cour avec l'impression que le monde entier est à mes trousses. J'escalade le pilier gauche du préau pour accéder au toit de l'école. La conscience de mon acte me glace les sangs. Mon cœur produit les mêmes sons que lorsque j'ai reçu la foudre rose de la petite chanteuse. Sur le toit, j'aperçois le sommet de la colline qui éventre la brume. *Ô Madeleine, tu vas être furieuse...*

Un essaim d'oiseaux migrateurs stationne au-dessus de moi, comme posés sur une étagère de nuages. Je voudrais m'accrocher à leurs ailes, m'arracher à la terre ; envolés les ennuis mécaniques de mon cœur, tout s'effacerait ! Oh, les oiseaux, déposez-moi dans les bras de l'Andalouse, je retrouverai mon chemin !

Mais les oiseaux sont trop hauts pour moi, comme le chocolat sur les étagères, les bocaux d'alcool de larmes à la cave, mon rêve de petite chanteuse lorsqu'il faut escalader Joe. Si je l'ai tué, ce sera encore plus compliqué. Mon horloge me fait de plus en plus mal. Madeleine, tu vas avoir du boulot.

Il faut que j'essaie de remonter le temps. J'attrape l'aiguille des heures encore tiède de sang, et d'un coup sec, la tire en sens inverse.

Mes engrenages grincent, la douleur est insoutenable. Rien ne se passe. J'entends des cris, ils viennent de la cour. Joe se tient l'œil droit. Je suis presque rassuré d'entendre ses cris de caniche accidenté.

Un professeur s'en mêle, j'entends les enfants me dénoncer, tous les yeux scrutent la cour comme des radars. Pris de panique, je dégringole du toit et saute dans le premier arbre venu. Je m'écorche les bras dans les branches et m'écrase au sol. L'adrénaline me donne des ailes, mes jambes n'ont jamais été si pressées de me ramener en haut de la colline.

— Ça s'est bien passé à l'école aujourd'hui ? demande Madeleine en rangeant ses courses dans le placard de la cuisine.

— Oui et non, je réponds, tout tremblant.

Elle lève les yeux sur moi, voit mon aiguille des heures tordue, et me fixe de son regard réprobateur :

— Tu as revu la petite chanteuse, n'est-ce pas ? La dernière fois que tu es revenu avec le cœur dans un aussi sale état, c'était lorsque tu l'as écoutée chanter.

Madeleine me parle comme si je revenais avec des chaussures de ville détruites à force de jouer au foot.

Pendant qu'elle entreprend de redresser mon aiguille à l'aide d'une pince-monseigneur, je commence à lui raconter la bagarre. À cette évocation, mon cœur se remet à palpiter.

— Toi, tu as fait une bêtise !

— Est-ce que je peux remonter le cours du temps en inversant le sens de mes aiguilles ?

— Non, tu vas forcer tes engrenages et ça sera extrêmement douloureux. Mais rien n'y fera. On ne peut jamais revenir sur nos actes passés, même avec une horloge dans le cœur.

Je m'attendais à de terribles remontrances pour l'œil crevé de Joe. Mais Madeleine a beau essayer de paraître contrariée, elle n'y parvient pas totalement. Et si sa voix chevrote, c'est plus d'inquiétude que de colère. Comme si elle trouvait moins grave de crever l'œil d'un malotru que de tomber amoureux.

Oh When the Saints... retentit soudain. Une visite d'Arthur à une heure si tardive, ce n'est pas dans ses habitudes.

— Un fiacre rempli de policiers est en train de monter la colline, ils ont l'air très décidés, dit-il, essoufflé.

— Il faut que je parte, ils viennent me chercher à cause de l'œil de Joe.

Un bouquet d'émotions disparates se plante dans ma gorge, la perspective, rose, de retrouver la petite chanteuse se mêle à la peur de devoir écouter mon cœur résonner contre les barreaux d'une cellule. Mais le tout est noyé par une déferlante de mélancolie. Plus d'Arthur, d'Anna, de Luna et surtout, plus de Madeleine.

Je croiserai quelques regards tristes pendant ma vie, pourtant celui que Madeleine me lance en ce moment restera – avec un autre – l'un des plus tristes que je connaîtrai.

— Arthur, va chercher Anna et Luna et essaie de trouver un fiacre. Jack doit quitter la ville le plus vite possible. Je reste ici pour accueillir la police...

Arthur se jette dans la nuit, son pas claudiquant du plus vite qu'il le peut pour atteindre rapidement le bas de la colline.

— Je te prépare quelques affaires, il faut que tu sois parti dans moins de dix minutes.

— Qu'est-ce que tu vas dire ?

— Que tu n'es pas rentré. Et dans quelques jours, je dirai que tu as disparu. Au bout d'un certain temps on te déclarera mort, et Arthur m'aidera à creuser ta tombe au pied de ton arbre préféré, à côté de Cunnilingus.

— Qui est-ce que vous allez mettre dans le cercueil ?

— Pas de cercueil, juste une épitaphe gravée sur l'arbre. La police ne vérifiera pas. C'est l'avantage d'être considérée comme une sorcière, ils ne vont pas farfouiller dans mes tombes.

Madeleine me prépare un baluchon rempli de bocaux de ses larmes et de quelques vêtements. Je ne sais pas quoi faire pour l'aider. Je pourrais dire des mots importants, ou plier mon linge, mais je reste planté là tel un clou dans le plancher.

Elle dissimule le double des clés de mon cœur dans ma redingote pour que je puisse me remonter en toute circonstance. Puis elle éparpille quelques crêpes enroulées dans du papier brun çà et là dans le sac et cache des livres dans les poches de mes pantalons.

— Je vais pas me trimballer tout ça !

J'essaie de faire le grand même si toutes ces attentions me touchent au plus profond. En guise de réponse, j'ai droit à son fameux sourire plein de faux contacts. Dans toutes les situations, des plus rigolotes aux plus tragiques, il faut toujours qu'elle prépare quelque chose à manger.

Je m'assois sur mon sac pour le fermer correctement.

— N'oublie pas, dès que tu t'installeras dans un endroit fixe, de prendre contact avec un horloger.

— Tu veux dire un docteur !

— Non non non, surtout pas ! Ne va jamais voir un docteur pour un problème de cœur. Il ne comprendrait rien. Il te faudra trouver un horloger pour régler ça.

J'ai envie de lui dire mon amour et ma reconnaissance, beaucoup de mots se bousculent sur ma langue, mais ils refusent de franchir le seuil de mes lèvres. Il me reste mes bras, alors je tente de faire passer ce message en la serrant contre moi de toutes mes forces.

— Attention, tu vas te faire mal à l'horloge si on se serre trop fort ! dit-elle avec sa voix à la fois douce et abîmée. Il faut que tu partes, maintenant, je ne voudrais pas qu'ils te trouvent ici.

L'étreinte se desserre, Madeleine ouvre la porte. Je suis encore dans la maison et j'ai déjà froid.

Je descends un bocal entier de larmes en dévalant ce chemin que je connais si bien. Ça allège mon sac, mais pas mon cœur. Je dévore les crêpes pour éponger, mon ventre se dilate au point de me donner des allures de femme enceinte.

Sur l'autre versant de l'ancien volcan, je vois passer les policiers. Joe et sa mère sont avec eux. Je tremble de peur et d'euphorie mêlées.

Un fiacre nous attend en bas d'Arthur's Seat. Il se détache de la lumière des réverbères comme un morceau de nuit. Anna, Luna et Arthur s'installent en vitesse à l'intérieur. Le cocher, moustachu jusqu'aux sourcils, harangue ses chevaux avec sa voix de gravats. La joue collée contre la vitre, je regarde Édimbourg se disloquer dans la brume.

Les Lochs s'étirent de colline en colline, mesurant de plus en plus précisément l'éloignement vers lequel je m'engage. Arthur ronfle comme une locomotive à vapeur, Anna et Luna dodelinent de la tête. On dirait des sœurs siamoises. Le tic-tac de mon horloge résonne dans le silence de la nuit. Je réalise que tout ce petit monde repartira sans moi.

Au lever du jour, la mélodie tordue de *Oh When the Saints*… me réveille. Je ne l'avais jamais entendue chantée si lentement. Le fiacre est à l'arrêt.

— Nous y sommes ! dit Anna.

Luna pose sur mes genoux une vieille cage à oiseau.

— C'est un pigeon voyageur qu'un client romantique m'a offert voilà quelques années. Cet oiseau est très bien dressé. Écris-nous pour nous donner de tes nouvelles. Enroule tes lettres autour de sa patte gauche, il nous livrera le message. Nous pourrons communiquer, il te retrouvera où que tu sois, même en Andalousie, le pays ou les femmes regardent droit dans les yeux ! Bonne chance *pequeñito*, ajoute-t-elle en me serrant fort.

5

Jack,

Cette lettre est très lourde, si lourde que je me demande si le pigeon va réussir à voler avec de telles nouvelles.

Ce matin-là, lorsque Luna, Anna et moi sommes arrivés en haut de la colline, la porte de la maison était entrouverte mais il n'y avait plus personne. L'atelier était dévasté, comme si un ouragan venait de passer. Toutes les boîtes de Madeleine étaient ouvertes, même le chat avait disparu.

Nous sommes partis à la recherche de Madeleine. Nous l'avons finalement retrouvée à la prison de St Calford. Durant les quelques minutes où nous avons été autorisés à la voir, elle nous a expliqué que la police l'avait arrêtée à peine quelques minutes après notre départ, ajoutant qu'il ne fallait pas s'inquiéter, que ce n'était pas la première fois qu'ils l'incarcéraient, et que tout allait s'arranger.

J'aimerais pouvoir écrire qu'elle a été libérée, j'aimerais te raconter qu'elle fait à manger d'une main, qu'elle répare quelqu'un de l'autre et que, même si tu lui manques, elle se porte bien. Mais hier soir Madeleine est partie. Elle est partie pour un voyage qu'elle a décidé mais d'où elle ne pourra jamais revenir. Elle a laissé son corps en prison et son cœur s'est libéré. Même au plus profond de la tristesse, n'oublie jamais que tu lui as donné la joie d'être une vraie mère. C'était le plus grand rêve de sa vie.

À l'heure qu'il est nous attendons que le pigeon nous apporte des nouvelles de toi. Puisse ce satané volatile arriver vite. La pensée que tu croies Madeleine encore vivante nous est insupportable. Je vais essayer de ne pas trop relire cette lettre, sinon je risque de ne plus jamais avoir le courage de te l'envoyer.

Anna, Luna et moi te souhaitons le courage nécessaire pour surmonter cette nouvelle épreuve.

Avec tout notre amour.

Arthur

PS : Et n'oublie jamais,
Oh When the Saints !

Quand je panique la mécanique de mon cœur déraille au point que je me prends pour une locomotive à vapeur dont les roues décollent dans les virages. Je voyage sur les rails de ma propre peur. De quoi ai-je peur ? De toi, enfin de moi sans toi. La vapeur, panique mécanique de mon cœur, filtre sous les rails. Ô Madeleine, que tu me tenais chaud. Notre dernière étreinte est encore tiède, pourtant j'ai déjà aussi froid que si je ne t'avais jamais rencontrée ce jour le plus froid du monde.

Le train s'ébroue dans un fracas lancinant. Je voudrais remonter le temps pour déposer mon vieux tacot de cœur au sommet de tes bras. Les rythmes syncopés du train me causent quelques fracas que j'apprendrai à éviter une autre fois, mais là j'ai du pop-corn dans le cœur. Ô Madeleine, je n'ai pas encore quitté les ombres de Londres que j'ai déjà bu la totalité de tes larmes ! Ô Madeleine, je promets qu'au prochain arrêt j'irai voir un horloger. Tu verras, je te reviendrai en bon état, enfin juste assez déréglé pour que tu puisses à nouveau exercer tes talents de réparatrice sur moi.

Plus le temps passe, plus ce train m'effraie, son cœur soufflant et crépitant semble aussi déglingué que le mien. Il doit être terriblement amoureux de la locomotive qui le fait avancer, lui aussi. À moins que comme moi il ait la mélancolie de ce qu'il laisse derrière lui.

Je me sens seul dans mon wagon. Les larmes de Madeleine ont installé un tourniquet sous mon crâne. Il faut que je vomisse ou que je parle à quelqu'un. J'aperçois un grand type appuyé contre la fenêtre, en train d'écrire quelque chose. De loin, sa silhouette évoque celle d'Arthur, mais plus je m'approche plus cette impression disparaît. Hormis les ombres qu'il projette, il n'y a personne autour de lui. Ivre de solitude, je me lance néanmoins :

— Qu'est-ce que vous écrivez, monsieur ?

L'homme sursaute et cache son visage sous son bras gauche.

— Je vous ai fait peur ?

— Tu m'as surpris, c'est différent.

Il continue à écrire, s'appliquant comme s'il peignait un tableau. Sous mon crâne, le tourniquet accélère son rythme.

— Qu'est-ce que tu veux, petit ?

— Je veux aller séduire une femme en Andalousie, mais je n'y connais rien en amour. Les femmes que j'ai connues n'ont jamais rien voulu m'apprendre sur le sujet et je me sens seul dans ce train... Vous pourriez peut-être m'aider.

— Tu tombes bien mal, mon garçon ! Je ne suis pas très doué pour l'amour... pas avec les vivantes, en tout cas. Non, avec les vivantes, ça n'a jamais vraiment marché.

Je commence à frissonner. Je lis par-dessus son épaule, ce qui semble l'agacer.

— Cette encre rouge...

— C'est du sang ! Va-t'en maintenant, petit, va-t'en !

Il recopie la même phrase, méthodiquement, sur plusieurs morceaux de papier : « Votre humble serviteur, Jack l'Éventreur. »

— Nous avons le même prénom, vous croyez que c'est bon signe ?

Il hausse les épaules, vexé que je ne sois pas plus impressionné que ça. Le sifflet de la locomotive s'égosille au loin, le brouillard traverse les fenêtres. Je grelotte maintenant.

— Va-t'en, petit !

Il frappe violemment le sol de son talon gauche, comme s'il voulait effrayer un chat. Je ne suis pas un chat, mais ça me fait un certain effet. Le bruit de sa botte rivalise avec celui du train. L'homme se retourne vers moi, les traits de son visage sont acérés comme des lames.

— Va-t'en maintenant !

La fureur de son regard me rappelle Joe, elle télécommande le tremblement de mes jambes. Il s'approche de moi, psalmodiant :

— Allez, les brumes ! Faites claquer vos trains hantés, je peux vous en fabriquer, des fantômes de femmes sublimes, blondes ou brunes à découper dans la brume...

Sa voix se change en râle.

— Je peux les éventrer sans même les effrayer... et signer votre humble serviteur, Jack l'Éventreur ! N'aie pas peur, mon garçon, tu apprendras très vite à effrayer pour exister ! N'aie pas peur, mon garçon, tu apprendras très vite à effrayer pour exister...

Mon cœur et mon corps s'emballent et cette fois il ne s'agit pas d'amour. Je dévale les couloirs du train. Personne. L'Éventreur me poursuit, brisant les vitres de toutes les fenêtres avec un coutelas. Un cortège d'oiseaux noirs s'engouffre dans le wagon et enveloppe mon poursuivant. Il avance plus vite en marchant que moi en courant. Nouveau wagon. Personne. Le vacarme de ses pas augmente, les oiseaux se multiplient, ils sortent de sa veste, de ses yeux, ils se jettent sur moi. Je saute par-dessus les sièges pour mettre de la distance entre nous. Je me retourne, les yeux de Jack éclairent le train entier, les oiseaux me rattrapent, l'ombre de Jack l'Éventreur, la porte de la locomotive en point de mire. Jack va m'éventrer ! Ô Madeleine ! Je n'entends même plus sonner mon horloge, qui me pique jusque dans le ventre. Sa main gauche agrippe mon épaule. Il va me crever, il va me crever et je n'aurai même pas eu le temps de me laisser tomber amoureux !

Le train semble ralentir, il entre dans une gare.

— N'aie pas peur, mon garçon, tu apprendras bien vite à effrayer pour exister ! répète une dernière fois Jack l'Éventreur en rangeant son arme.

Je tremble d'effroi. Il descend alors le marchepied du train et s'évapore à travers la foule de passagers qui attendent sur le quai.

Assis sur un banc de la gare Victoria, je reprends mes esprits. Le tic-tac de mon cœur ralentit lentement, le bois de l'horloge est encore brûlant. Je me dis que tomber amoureux ne doit pas être plus terrifiant que de se retrouver seul dans un train presque fantôme avec un Jack l'Éventreur. J'ai vraiment cru qu'il allait me tuer. Comment un pinson de fille pourrait-elle dérégler mon horloge plus gravement qu'un éventreur ? Avec la troublante malice de ses yeux ? Son armée de cils interminables ? Le redoutable galbe de ses seins ? Impossible. Ça ne doit pas être aussi dangereux que ce que je viens de vivre.

Un moineau se pose sur l'aiguille de mes minutes, je sursaute. Il m'a fait peur ce con ! Ses plumes caressent doucement mon cadran. Je vais attendre qu'il décolle et je m'empresserai de quitter la Grande-Bretagne.

Le bateau qui me fait traverser la Manche est moins riche en frissons que le train de Londres. À part quelques vieilles dames aux allures de fleurs fanées, personne de bien effrayant. Cependant, les brumes de mélancolie dont je suis assailli tardent à se dissiper. Je remonte mon cœur avec la clé, et c'est le temps que j'ai l'impression de remonter. Celui des souvenirs tout au moins. C'est la première fois de ma vie que je me penche ainsi sur mes souvenirs. J'ai quitté la maison hier seulement, mais j'ai l'impression d'être parti depuis si longtemps.

À Paris, je déjeune en bord de Seine, dans un restaurant fleurant bon ces soupes de légumes que j'ai toujours détesté manger mais adoré respirer. De grassouillettes serveuses me sourient comme on sourit aux bébés. Des petits vieux charmants discutent à mi-voix. J'écoute les bruits de couvercles et de fourchettes. Cette atmosphère chaleureuse me rappelle la vieille maison de Docteur Madeleine. Je me demande ce qu'elle doit faire en haut de la colline. Je décide de lui écrire.

Chère Madeleine,
Tout va bien pour moi, je suis à Paris pour l'instant.
J'espère que Joe et la police te laissent tranquille.
N'oublie pas de fleurir ma tombe en attendant mon retour !
Tu me manques, la maison aussi.

Je prends bien soin de mon horloge. Comme tu me l'as demandé, je vais tenter de trouver un horloger pour me remettre de toutes ces émotions. Embrasse Arthur, Luna et Anna de ma part.

« Little Jack »

J'écris délibérément court, pour que le pigeon puisse voyager léger. J'aimerais avoir des nouvelles rapidement. J'enroule mes mots autour de la patte de l'oiseau et le jette dans le ciel de Paris. Il se met à voler de traviole. Luna a sans doute voulu lui faire une coupe de plumes originale pour la période des amours. Elle lui a aussi rasé les côtés de la tête, depuis, il ressemble à une brosse de toilettes avec des ailes. Je me demande si je n'aurais pas dû utiliser la poste classique.

Avant d'aller plus loin, je dois trouver un bon horloger. Depuis mon départ, mon cœur grince plus fort que jamais. J'aimerais qu'il soit correctement réglé pour retrouver la petite chanteuse. Je dois bien ça à Madeleine. Je sonne à la porte d'un bijoutier sur le boulevard Saint-Germain. Un vieil homme tiré à quatre épingles s'approche et me demande le pourquoi de ma visite.

— Réparer mon horloge...
— Vous l'avez sur vous ?
— Oui !
Je déboutonne ma veste, puis ma chemise.
— Je ne suis pas docteur, me répond-il sèchement.
— Vous ne voudriez pas juste jeter un œil, pour vérifier que les engrenages sont bien à leur place ?
— Je ne suis pas docteur, je te dis, je ne suis pas docteur !

58

Le ton qu'il emploie est assez dédaigneux, j'essaie pour ma part de garder mon calme. Il regarde mon horloge comme si je lui montrais quelque chose de sale.

— Je sais que vous n'êtes pas docteur ! C'est une horloge classique, qu'il faut juste régler de temps en temps pour qu'elle fonctionne bien...

— Les montres sont des outils destinés à la mesure du temps, rien d'autre. Dégage d'ici avec ton harnachement diabolique. Va-t'en ou j'appelle la police !

C'était reparti comme à l'école et avec les petits couples. J'ai beau connaître cette sensation d'injustice, je ne parviendrai jamais à m'y habituer. Plus je grandis, plus c'est douloureux, au contraire. Ce n'est qu'une putain d'horloge en bois, rien que quelques engrenages permettant à mon cœur de battre !

Une vieille pendule métallique aux mille orfèvreries prétentieuses pérore à l'entrée de la boutique. Elle ressemble à son propriétaire, comme certains chiens ressemblent à leur maître. Juste avant de passer la porte, je lui balance un bon coup de pied, façon footballeur professionnel. La pendule vacille, son balancier frappe violemment ses parois. Alors que je détale sur le boulevard Saint-Germain, un fracas de verre explose dans mon dos. C'est incroyable ce que ce bruit peut me détendre.

Le second horloger, un gros bonhomme chauve d'une cinquantaine d'années, se montre plus compréhensif.

— Tu devrais aller voir M. Méliès. C'est un illusionniste très inventif, je suis sûr qu'il sera plus enclin que moi à régler ton problème, mon petit.

— J'ai besoin d'un horloger, pas d'un magicien !

— Certains horlogers sont un peu magiciens, et ce magicien-là est un peu horloger, comme Robert

Houdin[1], à qui il vient d'ailleurs de racheter un théâtre ! dit-il malicieusement. Rends-lui visite de ma part, je suis persuadé qu'il te réparera très bien !

Je ne comprends pas pourquoi ce monsieur sympathique ne me soigne pas lui-même, mais sa façon d'accepter mon problème est réconfortante. Et je suis très enthousiaste à l'idée de rencontrer un magicien, qui plus est magicien-horloger. Il ressemblera à Madeleine, peut-être même sera-t-il de la même famille.

Je traverse la Seine, l'élégance de la cathédrale géante me donne le torticolis, les assortiments fesses et chignons aussi. Cette ville est une pièce montée de pavés avec un sacré-cœur posé dessus. J'arrive enfin boulevard des Italiens, où se situe le fameux théâtre. Un jeune homme moustachu au regard vif m'ouvre la porte.

— Est-ce que le magicien habite ici ?

— Lequel ? me répond-il comme dans un jeu de devinettes.

— Un dénommé Georges Méliès.

— C'est moi-même !

Il se déplace comme un automate, saccadé et gracieux en même temps. Il parle vite, ses mains, points d'exclamation vivants, ponctuant ses mots. Mais lorsque je lui raconte mon histoire, il écoute très attentivement. La conclusion, surtout, l'interpelle :

---

1. Jean-Eugène Robert-Houdin (1805-1871) : horloger, illusionniste, inventeur entre autres du compteur kilométrique ainsi que d'appareils d'ophtalmologie. Houdin monte un théâtre où il fabrique des horloges agrémentées d'oiseaux chanteurs et autres prouesses mécaniques. Son influence sur le travail de Georges Méliès (premier réalisateur cinématographique, père des effets spéciaux) fut considérable, et le célèbre magicien « Houdini » choisit son patronyme en hommage à ce précurseur. (*N.d.A.*)

— Même si cette horloge me sert de cœur, le travail d'entretien que je vous demande ne débordera pas de vos fonctions d'horloger.

L'horloger-prestidigitateur ouvre le cadran, m'ausculte avec un appareil qui permet de voir plus facilement les minuscules éléments, et s'attendrit, comme si son enfance défilait sous ses paupières. Il actionne le système déclenchant le coucou mécanique puis dit son admiration pour le travail de Madeleine.

— Comment tu t'es débrouillé pour tordre l'aiguille des heures ?

— Je suis amoureux et je n'y connais rien en amour. Alors je me mets en colère, je me bagarre, et parfois j'essaie même d'accélérer ou de ralentir le temps. C'est très abîmé ?

Il rit avec un rire d'enfant à moustache.

— Non, tout fonctionne très bien. Qu'est-ce que tu veux savoir exactement ?

— Voilà, le Docteur Madeleine, qui m'a installé cette horloge, dit que ce cœur de fortune n'est pas compatible avec l'état amoureux. Elle est persuadée qu'il ne résisterait pas à un tel choc émotionnel.

— Ah oui ? Bon…

Il plisse les yeux et se caresse le menton.

— Elle peut le penser… mais toi, tu n'es pas obligé d'avoir le même avis sur la question, n'est-ce pas ?

— Je n'ai pas le même avis, c'est vrai. Mais lorsque j'ai vu la petite chanteuse pour la première fois, j'ai eu l'impression d'un tremblement de terre sous mon horloge. Les engrenages grinçaient, mon tic-tac s'accélérait. Je me suis mis à suffoquer, à m'emmêler les pinceaux, tout s'est déréglé.

— Est-ce que tu as aimé ça ?

— J'ai adoré…

— Ah ! Alors ?

— Alors j'ai eu très peur que Madeleine ait raison.

Georges Méliès hoche la tête en lissant sa moustache. Il cherche ses mots comme un chirurgien choisirait ses instruments.

— Si tu as peur de te faire mal, tu augmentes les chances, justement, de te faire mal. Regarde les funambules, tu crois qu'ils pensent au fait qu'ils vont peut-être tomber lorsqu'ils marchent sur la corde raide ? Non, ils acceptent ce risque, et goûtent le plaisir que braver le danger leur procure. Si tu passes ta vie à faire attention de ne rien te casser, tu vas terriblement t'ennuyer, tu sais... Je ne connais rien de plus amusant que l'imprudence ! Regarde-toi ! Je dis « imprudence » et tes yeux s'allument ! Ah ah ! Quand à quatorze ans on décide de traverser l'Europe pour retrouver une fille, c'est qu'on a un sérieux penchant pour l'imprudence, pas vrai ?

— Si, si... Mais vous n'auriez pas un truc pour solidifier un peu mon cœur ?

— Oh mais bien sûr... Écoute-moi bien, tu es prêt ? Écoute-moi, très attentivement : le seul truc, comme tu dis, qui te permettra de séduire la femme de tes rêves, c'est justement ton cœur. Pas celui en forme d'horloge que l'on t'a ajouté à ta naissance. Je te parle du vrai, celui d'en dessous, fait de chair et de sang, qui vibre. C'est avec celui-ci que tu dois travailler. Oublie tes problèmes de mécanique, ça leur donnera moins d'importance. Sois imprudent et surtout donne, donne-toi sans compter !

Méliès est très expressif, tous les traits de son visage entrent en action lorsqu'il s'exprime. Sa moustache paraît articulée par son sourire, un peu comme celle des chats.

— Ça ne marche pas à tous les coups, je ne te garantis rien, je viens moi-même d'échouer avec celle que je croyais être la femme de ma vie. Mais aucun « truc » ne marche à tous les coups de toute façon.

Ce prestidigitateur que certains disent de génie vient de me donner un cours de sorcellerie amoureuse pour m'avouer en fin de parcours que sa dernière potion lui a explosé à la gueule. Mais je dois avouer qu'il me fait du bien, autant en manipulant mes engrenages qu'en discutant. C'est un homme doux, qui sait écouter. On sent qu'il s'y connaît en êtres humains. Peut-être a-t-il réussi à percer le secret des rouages psychologiques de l'homme. En quelques heures nous sommes devenus très complices.

— Je pourrais écrire un livre sur ton histoire, je la connais comme si c'était la mienne maintenant, me dit-il.

— Écrivez-le. Si un jour j'ai des enfants, ils pourront le lire. Mais si vous voulez connaître la suite, il va falloir venir avec moi en Andalousie !

— Tu ne voudrais pas d'un prestidigitateur dépressif pour t'accompagner dans ton pèlerinage amoureux ?

— Si, ça me plairait bien.

— Tu sais que je suis capable de faire échouer même les miracles !

— Je suis sûr que non.

— Laisse-moi la nuit pour y réfléchir, tu veux bien ?

— D'accord.

Alors que les premiers rayons de soleil se faufilent à peine à travers les volets de l'atelier de Georges Méliès, j'entends hurler :

— *Andalucia ! Anda ! Andalucia ! Anda ! AndaaaaAAAH !*

Un fou en pyjama qu'on dirait sorti tout droit d'un opéra surgit.

— C'est d'accord, petit homme. Il me faut voyager, au sens propre et figuré, je ne vais pas éternellement me laisser écraser par la mélancolie. Une énorme bouffée d'air frais, voilà ce qu'on va s'envoyer tous les deux ! Si tu veux toujours de moi comme compagnon.

— Bien sûr ! On part quand ?

— Tout de suite après le petit déjeuner ! répond-il en me montrant son baluchon.

Nous nous installons autour d'une table bancale pour avaler un chocolat trop chaud et des tartines de confiture toutes molles. Ce n'est pas aussi bon que chez Madeleine, mais c'est amusant de manger au milieu d'extraterrestres en papier découpé.

— Tu sais, lorsque j'étais amoureux, je n'arrêtais pas d'inventer des choses. Tout un bazar d'artifices, illusions et trucages, pour amuser ma fiancée. Je crois qu'elle en a eu marre de mes inventions finalement, dit-il, la moustache en berne. Je voulais fabriquer un voyage sur la Lune rien que pour elle, mais c'est un vrai voyage sur Terre que j'aurais dû lui offrir. La demander en mariage, nous trouver une maison plus habitable que mon vieil atelier, je ne sais pas... dit-il en soupirant. Un jour, j'ai découpé deux planches dans ses étagères puis j'y ai fixé des roulettes récupérées sur un chariot d'hôpital pour qu'on aille glisser tous les deux au clair de lune. Elle n'a jamais voulu monter dessus. Et j'ai dû réparer les étagères. C'est pas facile tous les jours, l'amour, mon garçon, répète-t-il, songeur. Mais toi et moi, on va monter sur ces planches ! On va dévaler la moitié de l'Europe sur nos planches à roulettes !

— On prendra quelques trains aussi ? Parce que je suis quand même un peu pressé par le temps...

— Oppressé par le temps ?

— Aussi.

À croire que mon horloge est un aimant à cœurs brisés. Madeleine, Arthur, Anna, Luna, même Joe ; et maintenant Méliès. J'ai l'impression que leurs cœurs mériteraient plus encore que le mien les soins d'un bon horloger.

6

Cap vers le sud ! Nous voilà partis sur les routes de France, pèlerins à roulettes en quête de l'impossible rêve. Nous formons une sacrée paire : un grand dégingandé avec une moustache de chat et un petit rouquin avec un cœur en bois. Dons Quichottes de fortune à l'assaut des paysages de western andalous. Luna m'a décrit le sud de l'Espagne comme un endroit imprévisible où rêves et cauchemars cohabitent, à la façon des cow-boys et des Indiens dans l'Ouest américain. Qui vivra verra !

En chemin nous discutons beaucoup. Méliès est en quelque sorte devenu mon Docteur Love, l'antithèse de Madeleine en somme, pourtant ils me font beaucoup penser l'un à l'autre. À mon tour, je tente de l'encourager dans sa (re)conquête amoureuse.

— Peut-être qu'elle est encore amoureuse de toi dans son coin... Un voyage sur la Lune, même dans une fusée en carton, pourrait encore lui faire plaisir, non ?

— Bah, je ne crois pas. Elle me trouve minable avec mes bricolages. Je suis sûr qu'elle va tomber amoureuse d'un scientifique ou d'un militaire, vu la façon dont tout s'est terminé.

Même lorsqu'il est submergé par la mélancolie, mon horloger prestidigitateur garde une force comique très puissante. Sa moustache de travers, constamment chahutée par le vent n'y est certes pas pour rien.

Je n'ai jamais autant ri que pendant cette fabuleuse chevauchée. Nous voyageons clandestinement dans des trains de marchandises, dormons peu et mangeons n'importe quoi. Moi qui vis avec une horloge dans le cœur, je ne regarde plus l'heure. La pluie nous a surpris tant de fois que je me demande si nous n'avons pas rétréci. Mais rien ne peut nous arrêter. Et nous nous sentons plus vivants que jamais.

À Auxerre, nous sommes contraints de dormir au cimetière. Le lendemain, petits déjeuners sur pierre tombale en guise de table basse. La grande vie.

À Lyon, nous traversons le pont de la Guillotière sur nos planches à roulettes, accrochés à l'arrière d'un fiacre, les passants nous applaudissent comme si nous étions les premiers coureurs du Tour de France.

À Valence, après une nuit d'errance, une vieille dame qui nous prend pour ses petits-fils nous concocte le meilleur poulet-frites du monde. Nous avons également droit à un bain au savon métamorphosant et à un verre de limonade sans bulles. La très grande vie.

Propres et requinqués, nous partons à l'assaut des portes du Grand Sud. Orange et sa police ferroviaire peu encline à nous laisser dormir dans le wagon à bestiaux, Perpignan et ses premières odeurs d'Espagne... Kilomètre par kilomètre mon rêve s'épaissit de tous les possibles. Miss Acacia, j'arrive !

Au côté de mon Capitaine Méliès, je me sens invincible. Nous traversons la frontière espagnole arc-boutés sur nos planches à roulettes, un vent chaud s'engouffre en moi, changeant les aiguilles de mon cœur en ailes de moulin. Un moulin à moudre les graines du rêve pour fabriquer du vrai. Miss Acacia, j'arrive !

Une armée d'oliviers nous ouvrent la voie, relayés par les orangers qui blottissent leurs fruits à même le ciel. Infatigables, nous avançons. Les montagnes rouges de l'Andalousie découpent maintenant notre horizon.

Un cumulus exsangue se perce contre les sommets, crachant sa foudre nerveuse à quelques hectomètres de nous. Méliès me fait signe de rentrer ma ferraille. Ce n'est pas encore l'heure d'attraper les éclairs.

Un oiseau s'approche de nous, planant comme le ferait un charognard. Le cirque de roches qui nous entoure le rend inquiétant. Mais ce n'est que le vieux pigeon voyageur de Luna, qui m'apporte des nouvelles de Madeleine. C'est un soulagement de le voir revenir enfin. Car malgré le bouillonnement de mes rêves, je n'oublie jamais Madeleine.

Le pigeon se pose dans un minuscule nuage de poussière. Mon cœur accélère, je suis impatient de lire cette lettre. Je n'arrive pas à attraper ce putain de pigeon ! L'Indien à moustache qui m'accompagne se met à ululer pour l'apprivoiser, et je finis par me saisir de son corps de plume.

Peine perdue, le pigeon voyage à vide. Il ne reste qu'un peu de ficelle attachée à sa patte gauche. Pas de lettre de Madeleine. Le vent a dû s'en emparer. Peut-être aux alentours de Valence, dans la vallée du Rhône, lorsqu'il s'y engouffre de toutes ses forces avant d'aller mourir au soleil.

Je suis déçu comme si je venais d'ouvrir un paquet cadeau rempli de fantômes. Je m'assois sur ma planche et griffonne rapidement un mot.

Chère Madeleine,

Pourrais-tu me résumer ta première lettre dans ton prochain envoi car ce connard de pigeon l'a semée avant de me la remettre.

J'ai trouvé un horloger qui prend soin de mon horloge, je vais très bien.

Tu me manques beaucoup. Anna, Luna et Arthur aussi.

Je t'embrasse,

Jack

Méliès m'aide à enrouler correctement le papier autour de la patte de l'oiseau.

— Si elle me savait aux portes de l'Andalousie en train de cavaler après l'amour, elle serait furieuse !

— Les mères ont peur pour leurs enfants et les protègent comme elles peuvent, mais il est temps pour toi de quitter le nid ! Regarde ton cœur ! Il est midi ! C'est maintenant qu'il faut foncer ! Tu as vu ce qu'il y a écrit sur la pancarte droit devant : « *Granada* » ! *Anda ! Anda !*, ulule Méliès avec un frisson de comète dans le regard.

Dans une chasse au trésor, lorsque la lumière des pièces d'or commence à filtrer par la serrure du coffre, l'émotion nous submerge, on ose à peine ouvrir le couvercle. Peur de gagner.

Je couve ce rêve depuis si longtemps ! Joe me l'a écrasé sur le crâne, j'en ai ramassé les morceaux. J'ai pris mon mal en patience, reconstituant mentalement cet œuf plein d'images de la petite chanteuse. Le voilà au bord d'éclore et le trac me paralyse. L'Alhambra nous tend ses arabesques plantées dans le ciel opale. Les fiacres cahotent. Mon horloge cahote. Le vent se lève, soulève la poussière, remonte les robes des femmes-parasols. Oserai-je te déplier, Miss Acacia ?

À peine arrivés dans la vieille ville, nous nous mettons à la recherche d'une salle de spectacles. La luminosité est presque insoutenable. Méliès pose la même question dans tous les théâtres que nous croisons sur notre chemin :

— Une petite chanteuse de flamenco qui n'y voit pas grand-chose, ça ne vous dit rien ?

Repérer un flocon dans une tempête de neige serait plus aisé. Le crépuscule finit par calmer les ardeurs rouge orangé de la ville, mais toujours aucune trace de Miss Acacia.

— On a beaucoup de chanteuses de ce genre-là, ici... répond un bonhomme tout sec en balayant le parvis d'un énième théâtre.

— Non, non, non, celle-ci est extraordinaire. Elle est très jeune, quatorze-quinze ans, mais elle chante comme une grande, et elle se cogne souvent aux choses.

— Si elle est si extraordinaire que vous le dites, essayez l'Extraordinarium.

— Qu'est-ce que c'est ?

— Un ancien cirque reconverti en fête foraine. On y voit des spectacles en tout genre, des caravanes de troubadours, des danseuses étoiles, des trains fantômes, des manèges d'éléphants sauvages, des oiseaux chanteurs, des parades de monstres vivants... Ils ont une petite chanteuse, je crois. C'est au 7, calle Pablo Jardim, dans le quartier de la Cartuja, à un quart d'heure d'ici.

— Merci beaucoup, monsieur.

— C'est un endroit curieux, faut aimer... Bonne chance en tout cas !

Sur le chemin qui nous mène à l'Extra-ordinarium, Méliès me prodigue quelques ultimes recommandations.

— Tu dois te comporter comme un joueur de poker. Ne montre jamais ni ta peur ni tes doutes. Tu as dans ton jeu une carte maîtresse, ton cœur. Tu penses que c'est une faiblesse, mais si tu prends le parti d'assumer cette fragilité, cette horloge-cœur te rendra spécial. Ta différence te rendra tellement séduisant !

— Mon handicap comme arme de séduction ? Tu crois vraiment ?

— Bien sûr ! Tu crois qu'elle ne t'a pas charmé, ta chanteuse, avec sa façon de ne pas mettre ses lunettes et de se cogner partout ?

— Oh, c'est pas ça...

— Ce n'est pas que ça, évidemment, mais cette « différence » participe à son charme. Utilise la tienne, c'est le moment.

Il est vingt-deux heures quand nous pénétrons dans l'enceinte de l'Extraordinarium. Nous parcourons les allées, la musique résonne de toutes parts, plusieurs mélodies se superposent en un joyeux brouhaha. Des étals se dégage une odeur de friture et de poussière – on doit avoir soif tout le temps ici !

L'assemblage de baraques branques donne l'impression de pouvoir s'écrouler au moindre souffle. La maison des oiseaux chanteurs ressemble à mon cœur, en plus grand. Il faut attendre que l'heure sonne pour les voir sortir du cadran ; c'est plus facile à régler une horloge quand il n'y a rien de vivant à l'intérieur.

Après avoir tourné pendant un bon moment, j'aperçois sur un mur une affiche annonçant, photos à l'appui, les spectacles de la soirée.

Miss Acacia, flamenco sauce piquante, 22 heures, sur la petite scène, face au train fantôme.

J'ai immédiatement reconnu les traits de son visage. Quatre ans que je fouille dans mes rêves et voilà qu'au bout de la course la réalité prend enfin le relais ! Je me sens comme un oisillon ayant le vertige le jour de son premier décollage. Le nid douillet de l'imagination se dérobe, il va falloir que je me lance dans le vide.

Les roses en papier cousues sur la robe de la petite chanteuse dessinent la carte aux trésors de son corps. J'ai un goût d'électricité au bout de la langue. Je suis une bombe prête à exploser, une bombe terrorisée, mais une bombe quand même.

Nous filons vers la scène et nous installons sur les chaises prévues pour le public. La scène est une simple estrade dressée sous l'auvent d'une roulotte. Dire que dans quelques instants je vais la voir... Combien de millions de secondes se sont écoulés depuis l'anniversaire de mes dix ans ? Combien de millions de fois ai-je rêvé de cet instant ? L'euphorie qui s'empare de moi est si intense que j'ai du mal à rester assis. Dans ma poitrine cependant, le fier moulin à vent prêt à tout avaler sur son passage est redevenu un minuscule coucou suisse.

Les gens du premier rang se retournent vers moi, agacés par le bruit de plus en plus fracassant de mon horloge. Méliès leur répond avec son sourire de chat. Trois filles pouffent de rire et disent quelque chose en espagnol qui doit ressembler à « ils se sont échappés de la baraque des monstres ces deux-là ». Je reconnais que nous mériterions un bon coup de repassage.

Soudain, la lumière s'éteint. Une musique cuivrée envahit l'espace, et derrière le rideau j'entrevois une ombre en mouvement. Une ombre familière...

La petite chanteuse entre en scène, claquant l'estrade de ses escarpins jaunes. Elle entame sa danse d'oiseau en équilibre sur ses talons. Sa voix de rossignol mince sonne encore mieux que dans mes songes. Je voudrais prendre le temps de la regarder tranquillement, acclimater mon cœur à sa présence.

Miss Acacia cambre ses reins, sa bouche s'entrouvre, on dirait qu'un fantôme est en train de l'embrasser. Elle ferme ses yeux immenses en faisant claquer les paumes de ses mains levées comme des castagnettes.

Pendant une chanson très intime, mon coucou se met en marche. J'ai plus honte que jamais. Les yeux rieurs de Méliès m'aident à ne pas céder à la panique.

La manière dont ma petite chanteuse se bagarre avec elle-même est presque incongrue dans un lieu si vétuste. On dirait qu'elle allume sa propre flamme olympique dans une maquette de stade en plastique.

À la fin du spectacle, beaucoup de gens la sollicitent pour échanger un mot ou obtenir un autographe. Je dois faire la queue comme tout le monde alors que je ne demande pas d'autographe, seulement la lune. Elle et moi lovés dans son croissant. Méliès me glisse :

— La porte de sa loge est ouverte et il n'y a personne !

Je m'y faufile tel un cambrioleur.

Je referme la porte de la loge exiguë et je prends le temps d'observer sa trousse de maquillage, son régiment de bottillons à paillettes et sa penderie – qui n'aurait pas déplu à la fée Clochette. Cette proximité avec sa féminité m'embarrasse agréablement, la délicatesse de son parfum m'enivre. J'attends, assis du bout des fesses sur son canapé.

Tout à coup la porte s'ouvre. La petite chanteuse entre avec des allures d'ouragan en jupe. Ses escarpins jaunes valdinguent. Il pleut des épingles à cheveux. Elle s'assied devant sa coiffeuse. Le plus mort des morts serait plus bruyant que moi.

Elle commence à se démaquiller, aussi délicatement qu'un serpent rose quitterait sa mue, puis elle enfile une paire de lunettes.

— Qu'est-ce que vous faites là, vous ? dit-elle en m'apercevant dans le reflet du miroir.

« Pardon pour cette intrusion. Depuis que je vous ai entendue chanter voilà quelques années, je n'ai eu qu'un rêve : vous retrouver. J'ai traversé la moitié de l'Europe pour y parvenir. On m'a écrasé des œufs sur le crâne et j'aurais pu me faire éventrer par un spécialiste de l'amour avec les mortes. Certes, je suis une sorte de handicapé du grand amour, et mon cœur de fortune n'est pas censé résister au tremblement de terre émotionnel que je ressens quand je vous vois, mais voilà, il bat pour vous. » Voici ce que je bous de dire. Pourtant je reste plus silencieux qu'un orchestre de pierres tombales.

— Comment avez-vous fait pour entrer ?

Elle est furieuse, mais la surprise semble atténuer sa colère. Il y a un fond de curiosité dans la façon dont elle retire discrètement ses lunettes.

Méliès m'avait prévenu : « Attention, c'est une chanteuse, elle est jolie, tu ne dois pas être le premier à qui ça a traversé l'esprit de… Le comble de la séduction, c'est de lui donner l'illusion que tu n'es pas en train d'essayer de la séduire. »

— Je me suis appuyé contre votre porte, qui était mal fermée, et j'ai atterri sur votre canapé.

— Ça vous arrive souvent d'atterrir comme ça dans la loge d'une fille qui s'apprête à se changer ?

— Non, non, pas souvent !

J'ai l'impression que chaque mot prononcé sera d'une importance capitale ; syllabe par syllabe, ils se décrochent avec difficulté ; le poids du rêve que je porte se fait sentir.

— Vous arrivez où d'habitude ? Directement dans le lit ou sous la douche ?

— D'habitude, je n'arrive pas.

Je tente de me remémorer le cours de sorcellerie rose de Méliès. « Montre-toi tel que tu es, fais-la rire ou pleurer, mais en feignant de vouloir devenir son ami. Intéresse-toi à elle, pas seulement à ses fesses. Tu dois pouvoir y arriver, vu que tu ne te préoccupes pas seulement de ses fesses. On ne vibre pas si longtemps pour quelqu'un quand on en a seulement après ses fesses, n'est-ce pas ? »

Tout ceci est vrai, mais maintenant que je les ai vues en mouvement, j'en ai aussi beaucoup après ses fesses, ce qui complique singulièrement la donne.

— Ce n'était pas vous qui faisiez un tic-tac de tous les diables pendant le concert ? Il me semble vous reconnaître…

— Me reconnaître ?

— Bon, qu'est-ce que vous me voulez ?

Je prends mon élan et tout l'air qu'il me reste dans la poitrine.

— Je voudrais vous offrir quelque chose. Ce ne sont pas des fleurs, pas du chocolat non plus…

— Et qu'est-ce que c'est ?

Je sors le bouquet de lunettes de mon sac, lui tends en me concentrant pour ne pas trembler. Je tremble quand même, le bouquet cliquette.

Elle fait une moue de poupée boudeuse. Dans cette mine peuvent se cacher aussi bien le sourire que la colère, je ne sais à quoi m'en tenir. Le bouquet est lourd, je ne suis loin ni de la crampe ni du ridicule.

— Qu'est-ce que c'est ?

— Un bouquet de lunettes.

— Ce ne sont pas mes fleurs préférées.

À l'orée du monde, quelque part entre son menton et la commissure de ses lèvres, un microscopique sourire se dessine.

— Merci, mais je voudrais me changer tranquillement maintenant.

Elle m'ouvre la porte, la lumière du réverbère l'éblouit. J'interpose mes mains entre le réverbère et ses yeux, son front se décrispe doucement. C'est un instant merveilleusement trouble.

— Je ne porte pas mes lunettes, avec ma petite tête ça me fait ressembler à une mouche.

— Ça me va très bien.

Elle venait de désamorcer le trouble merveilleux avec son histoire de mouche, mais je l'ai relancé avec mon « Ça me va très bien ». Le bref silence qui suit est doux comme une tempête de marguerites.

— Est-ce que l'on pourrait se revoir, avec ou sans lunettes ?

— Oui.

7

C'est un oui minuscule, prononcé du bout du bec d'un oisillon, mais il résonne en moi comme une charge héroïque. Les frissons roses sont en marche, le son de mon tic-tac ressemble à celui d'un collier de perles roulant entre ses doigts. Je me sens invinciblement heureux.

— Elle a accepté ton bouquet de lunettes toutes tordues ? me demanda Méliès. Tu lui plais ! Je suis sûr que tu lui plais ! On n'accepte pas un cadeau aussi pathétique quand on ne ressent pas un petit quelque chose ! ajoute-t-il, hilare.

Après avoir raconté chaque détail de notre premier rendez-vous improvisé à Méliès, et une fois l'euphorie retombée, je lui demande de vérifier un peu mon horloge, parce que je n'ai jamais ressenti d'émotions aussi intenses. Ô Madeleine, tu serais furieuse… Méliès revêt son grand sourire à moustache, puis se met à manipuler doucement mes engrenages.

— Tu as mal quelque part ?

— Non, je ne crois pas.

— Tes engrenages sont un peu chauds, mais rien d'anormal, tout fonctionne très bien. Allez, on s'en va maintenant. C'est pas tout ça, mais on a besoin d'un bon bain et d'un lieu où dormir !

Après avoir exploré l'Extraordinarium, nous investissons un baraquement abandonné pour la nuit. Et, malgré la décrépitude des lieux et la faim qui nous tenaille, nous nous endormons comme des bébés.

À l'aube, ma résolution est prise : il faut que je me débrouille pour trouver du travail dans les environs.

À l'Extraordinarium, tous les postes sont pourvus. Tous les postes sauf un, au train fantôme, où il manque quelqu'un pour effrayer les passagers pendant leur trajet. À force de ténacité j'ai fini par décrocher un rendez-vous avec la maîtresse de céans le lendemain soir.

En attendant mieux, Méliès fait quelques tours de passe-passe à l'entrée, avec son vieux jeu de cartes truquées. Il a beaucoup de succès, notamment avec les femmes. Les « belles », comme il les appelle, s'attroupent autour de sa table de jeu et s'émerveillent à chacun de ses gestes. Il leur raconte qu'il va fabriquer une histoire en mouvement, une sorte de livre photographique qui s'animerait. Il s'y connaît pour fasciner les « belles ».

Ce matin, je l'ai vu ramasser des cartons et découper des fusées dedans. Je crois qu'il pense encore à récupérer sa fiancée, il recommence à parler de voyage sur la Lune. Sa machine à rêver se remet doucement en marche.

Il est dix-huit heures lorsque je me présente devant la grande baraque en pierre du train fantôme. Je suis reçu par la patronne des lieux, une vieille femme ratatinée répondant au nom de Brigitte Heim.

Les traits de son visage sont crispés, on dirait qu'elle tient un couteau entre ses dents. Elle porte de grosses chaussures tristes – des sandales de nonne –, idéales pour écraser les rêves.

— Alors comme ça, tu veux travailler au train fantôme, nabot ?

Sa voix fait penser à des cris d'autruche, une autruche de fort mauvaise humeur. Elle a le don de faire naître l'angoisse instantanément.

— Qu'est-ce que tu sais faire pour effrayer ?

La dernière phrase de Jack l'Éventreur me revient en écho : « Tu apprendras bien vite à effrayer pour exister. »

Je déboutonne ma chemise et me donne un tour de clé pour faire sonner le coucou. La patronne m'observe avec le même dédain que l'horloger parisien.

— C'est pas avec ça qu'on va gagner des millions ! Mais j'ai personne, alors je veux bien te prendre.

Je ravale ma fierté parce que j'ai vraiment besoin de ce travail.

La patronne se lance dans un tour du propriétaire.

— J'ai un accord avec le cimetière, je récupère les crânes et ossements des morts dont les familles ne peuvent plus payer la concession, dit-elle en me faisant fièrement visiter le parcours. Bonne décoration pour un train fantôme, n'est-ce pas ? De toute façon, si je ne les récupère pas, ça part à la poubelle ! Ah ah ah ! déclare-t-elle d'une voix à la fois hystérique et sèche.

Les crânes et les toiles d'araignées sont méthodiquement disposés pour filtrer la lumière des candélabres. Partout ailleurs, pas un grain de poussière, rien qui dépasse. Je me demande quel vide intersidéral peut habiter cette femme pour qu'elle passe sa vie à faire le ménage dans ces catacombes.

Je me tourne vers elle :

— Vous avez des enfants ?

— Quelle question ! Non, j'ai un chien, je suis très bien avec mon chien.

Si un jour je finis par devenir vieux et que j'ai la chance d'avoir des enfants, et pourquoi pas des petits-enfants, je crois que j'aurai envie de construire des maisons pleines de courses-poursuites, de rires et de cris. Mais si je n'en ai pas, les maisons pleines de vide, ce sera sans moi.

— Il est interdit de toucher au décor. Si vous marchez sur un crâne et qu'il se brise, vous payez !

« Payer », son mot préféré.

Elle veut connaître le pourquoi de ma venue à Grenade. Je lui raconte rapidement mon histoire. Disons plutôt que j'essaie car elle ne cesse de me couper la parole.

— Je ne crois ni à ton histoire de cœur mécanique ni à ton histoire de cœur tout court. Je me demande qui a pu te faire avaler de telles conneries. Qu'est-ce que tu crois, que tu vas faire des miracles avec ta breloque ? Tu vas tomber de bien haut malgré ta petite taille, toi ! Les gens n'aiment pas les choses trop différentes de ce qu'ils sont. Même s'ils en apprécient le spectacle, c'est un plaisir de voyeur. Pour eux, aller voir la femme à deux têtes revient au même qu'assister à un accident. J'ai vu beaucoup d'hommes l'applaudir, mais aucun en tomber amoureux. Ce sera pareil pour toi. Ils se délecteront peut-être de regarder tes plaies cardiaques, mais ils ne t'aimeront jamais pour ce que tu es. Tu penses vraiment qu'une jolie jeune fille comme celle que tu me décris aura envie de fricoter avec un type qui a une prothèse à la place du cœur ? Moi-même j'aurais trouvé ça repoussant... Enfin, du moment que tu parviens à effrayer mes clients, tout le monde sera content !

L'affreuse Brigitte Heim rejoint le peloton des jeteurs de froid. Mais elle ne sait pas combien la carapace de rêves que je me fabrique depuis tout petit est épaisse. Je suis la tortue la plus solide du monde ! Je m'en vais dévorer la lune comme une crêpe phosphorescente en pensant à Miss Acacia. Tu peux toujours trimballer tes rictus de vivante-morte autour de moi, tu ne me voleras rien.

22 heures. J'arrive pour ma première soirée de boulot. Le train est à moitié rempli. Dans une demi-heure, j'entre en scène. Il est temps pour moi de m'essayer à l'épouvante. J'ai un peu le trac, parce qu'il faut absolument que je garde ce travail pour rester le voisin officiel de la petite chanteuse.

Je prépare mon cœur de manière à le transformer en instrument effrayant. En haut de la colline je m'amusais à déposer toutes sortes de choses à l'intérieur de mon horloge : cailloux, papier journal, billes, etc. Les engrenages se mettaient à crisser, le tic-tac devenait chaotique et le coucou donnait l'impression qu'un bulldozer miniature se promenait entre mes poumons. Madeleine avait horreur de ça...

22 h 30. Je suis accroché à la paroi du dernier wagon tel un Indien prêt à attaquer une diligence. Brigitte Heim m'observe du coin de ses yeux torves. Que ma surprise est grande lorsque j'aperçois Miss Acacia tranquillement installée dans un wagonnet du train fantôme ! Le trac qui monte d'un cran fait crépiter mon tic-tac.

Le train démarre, je saute de wagon en wagon, la voilà ma conquête de l'Ouest amoureux. Il faut que je sois excellent. Je joue ma vie, maintenant ! Je jette mon corps contre la paroi des voitures, le coucou sonne comme une machine à pop-corn. Je colle le plat très froid de mon aiguille des heures dans le dos des clients, j'entonne *Oh When the Saints* en pensant à Arthur. J'obtiens quelques cris. *Qu'est-ce que tu sais faire pour effrayer ?* Mais moi je veux sortir de mon enveloppe corporelle, projeter du soleil sur les murs et qu'elle le voie, que ça la réchauffe et lui donne envie de mes bras. Au lieu de ça, en guise de *finale*, j'apparais quelques secondes dans la lumière blanche en bombant exagérément le torse. J'ouvre ma chemise, on peut voir les engrenages bouger sous ma peau à chaque battement. Ma prestation est saluée par un étonnant cri de chèvre venu d'une demi-vieille, et trois ersatz d'applaudissements couverts par des rires.

J'observe Miss Acacia, espérant que d'une manière ou d'une autre je lui ai plu.

Elle sourit avec une malice de voleuse de bonbons.

— C'est fini ?

— ?

— Ah, très bien, j'ai rien vu du tout, mais ça avait l'air vraiment amusant, félicitations ! Je ne savais pas que c'était vous, mais bravo !

— Merci… Et les lunettes, vous les avez essayées ?

— Oui, mais elles sont ou tordues ou cassées…

— Oui, je les ai choisies comme ça pour que vous les mettiez sans avoir peur de les abîmer !

— Vous croyez que je ne porte pas de lunettes par peur de les abîmer ?

— Non…

Elle a ce petit rire, léger comme une cascade de perles effleurant un xylophone.

— Terminus, tout le monde descend ! crie l'autruche en chef à ce moment.

La petite chanteuse se lève et me fait un discret signe de la main. De son ombre galbée s'envole une chevelure ondulée. Même si j'aurais adoré lui avoir fait ne serait-ce qu'un peu d'effet, je ne suis pas mécontent qu'elle n'ait pas vu à quoi ressemble mon cœur. J'ai beau me rêver soleil de la nuit, la vieille Brigitte a réveillé mes vieux démons. La carapace de la tortue la plus solide du monde se ramollit parfois en pleine insomnie.

Au loin ses escarpins tintinnabulent en rythme. Je me repais de ce son jusqu'à ce que ma petite chanteuse se cogne violemment contre la porte de sortie. Tout le monde rit, personne ne l'aide. Elle vacille comme une soûlarde bien habillée, puis disparaît.

Pendant ce temps Brigitte Heim s'est lancée dans un debriefing sur ma prestation qui me passe à des années-lumière au-dessus de la tête, mais je crois qu'à un moment elle a prononcé le mot « payer ».

Je m'empresse de rejoindre Méliès pour tout lui raconter. Sur le chemin, en enfonçant les mains dans mes poches, je trouve un bout de papier roulé en boule.

Je n'ai pas besoin de lunettes pour voir comme ton numéro est bien rodé. Je suppose que ton carnet de rendez-vous doit être un pavé en douze volumes... Retrouveras-tu la page où tu as inscrit mon nom ?

Je fais lire le message à mon horloger-prestidigitateur du cœur, entre deux tours de cartes.
— Hum, je vois... Ta Miss Acacia ne fonctionne pas comme les chanteuses que j'ai connues, elle n'est pas autocentrée. Elle ne se rend donc pas entièrement compte de son pouvoir de séduction – ce qui fait évidemment partie de son charme. Par contre, elle a repéré ton numéro. Maintenant, tu n'as plus qu'à tenter le tout pour le tout. Et n'oublie pas qu'elle ne se croit pas aussi désirable qu'elle l'est. Sers-toi de ça !

Je fonce devant sa loge et glisse à mon tour un mot sous sa porte :

Minuit pile derrière le train fantôme, mettez vos lunettes pour ne pas vous cogner à la lune et attendez-moi, je promets de vous laisser le temps de les retirer avant de vous regarder.

— *Anda hombre ! Anda !* C'est l'heure de lui montrer ton cœur ! répète Méliès.

— J'ai peur de l'affoler avec mes aiguilles et tout ça. L'idée qu'elle me rejette me terrifie... Depuis le temps que je rêve de ce moment, tu te rends compte ?

— Montre-lui ton vrai cœur, rappelle-toi ce que je t'ai dit, c'est le seul tour de magie possible. Si elle voit ton vrai cœur, ton horloge ne l'effraiera pas, crois-moi !

Alors que j'attends minuit comme un Noël amoureux, le pigeon déglingué de Luna vient se poser sur mon épaule. Cette fois, la lettre ne s'est pas perdue. Je la déplie dans un état d'excitation émue.

> *Mon petit Jack,*
> *Nous espérons que tu te débrouilles bien et que tu prends soin de toi. Il faudra attendre encore pour que tu rentres à la maison à cause de la police.*
> *Tendrement,*
>
> *Docteur Madeleine*

L'arrivée du pigeon m'a rempli d'une joie folle, mais le contenu de la lettre qu'il transporte me frustre terriblement. C'est curieux cette signature : DOCTEUR Madeleine. Et puis je l'aurais imaginée plus bavarde. Sans doute a-t-elle voulu épargner son messager. Je renvoie immédiatement l'oiseau :

> *Envoie-moi de longues lettres par courrier classique, il se peut que je reste un moment ici. Tu me manques. J'ai besoin de lire plus que quelques mots accrochés à la patte d'un volatile. Tout va très bien de mon côté, je voyage avec un horloger-prestidigitateur qui vérifie le bon fonctionnement de mon cœur. Est-ce que la police te laisse tranquille ? Réponds-moi vite !*
> *Je t'embrasse,*
>
> *Jack*

Minuit, j'attends comme un imbécile très heureux. Je porte un chandail bleu électrique dans l'espoir de vitaminer le vert de mes yeux. Le train fantôme est silencieux.

Minuit vingt, rien. Minuit et demi, toujours pas de Miss Acacia. Une heure moins vingt, mon cœur refroidit, le tic-tac s'amenuise.

— Hey !

— Je suis là...

Elle reste sur le palier, comme en équilibre sur le paillasson. Même son ombre contre la porte est sexy. Je m'en serais bien contenté pour m'entraîner à l'embrasser.

— Je me suis déguisée en toi sans le savoir !

Elle porte un chandail presque identique au mien.

— Je suis désolée, je n'ai pas eu le temps de trouver une vraie tenue de rendez-vous, mais je vois que c'est pareil pour toi !

J'acquiesce en souriant, alors que personnellement je suis au maximum de la classe vestimentaire.

Je ne peux m'empêcher de fixer le mouvement onctueux de ses lèvres. Je sens qu'elle s'en rend compte. Les silences entre les mots s'espacent, les bruits produits par mon horloge commencent à attirer son oreille.

— Tu as beaucoup de succès au train fantôme, toutes les filles sont sorties le sourire aux lèvres, lâche-t-elle soudainement, décapitant l'ange qui passe.

— Ce n'est pas bon signe, je suis censé *effrayer pour exister*... Je veux dire, pour garder mon emploi ici.

— Peu importe que tu fasses rire ou pleurer, tant que tu génères une émotion, non ?

— Cette vieille chouette de Brigitte m'a dit que ce n'était pas bon pour l'image du train fantôme que les gens sortent en rigolant. Je crois que je vais devoir apprendre à effrayer si je veux continuer à travailler ici.

— Effrayer est une manière de séduire comme une autre, et en ce qui concerne la séduction, tu as l'air de très bien te débrouiller.

J'ai envie de lui dire que j'ai une prothèse à la place du cœur et que je n'y connais rien à l'amour, je veux qu'elle sente que ce qui se passe est unique pour moi. Oui, j'ai pris quelques cours de sorcellerie rose avec un illusionniste, mais uniquement dans le but de l'atteindre « elle ». Je voudrais la séduire sans qu'elle me prenne pour un séducteur. Le dosage est délicat. Du coup je réponds juste :

— J'aimerais bien qu'on se prenne dans les bras.

Silence, nouvelle moue de poupée boudeuse et paupières closes.

— Après, on pourra encore discuter de tout ça, mais pourrait-on se prendre dans les bras d'abord ?

Miss Acacia lâche un petit « d'accord » qui dépasse à peine de ses lèvres. Un tendre silence s'abat sur nos gestes. Elle s'approche en chaloupant. De près, elle est plus belle encore que son ombre – beaucoup plus intimidante aussi. Je prie un dieu que je ne connais même pas pour que mon horloge ne se mette pas à carillonner.

Nos bras font du très bon boulot en matière de mélange de peaux. Mon horloge me gêne, je n'ose pas trop blottir ma poitrine contre la sienne. Il ne faut pas lui faire peur avec ce cœur rafistolé. Mais comment ne pas effrayer ce poussin de femme lorsque des aiguilles pointues sortent de votre poumon ? La panique mécanique se remet en marche.

Je l'esquive du côté gauche comme si j'avais un cœur de verre. Cela complique notre danse, surtout vu la championne du monde de tango qu'elle semble être. Le volume de mon tic-tac augmente en mesure. Les recommandations de Madeleine me reviennent par flash. Et si je mourais avant même de l'embrasser ?

Sensation de saut dans le vide, joie de l'envol, peur de s'écraser.

Ses doigts s'alanguissent derrière mon cou, les miens se perdent agréablement quelque part sous ses omoplates. Je tente de souder le rêve à la réalité, mais je travaille sans masque. Nos bouches s'approchent l'une de l'autre. Le temps ralentit, il est presque arrêté. Nos lèvres prennent le relais, le plus moelleux des relais du monde. Elles se mêlent, délicatement et intensément. Sa langue me fait l'effet d'un moineau en train d'éclore sur la mienne, curieusement elle a un goût de fraise.

Je la regarde cacher ses yeux immenses sous ses paupières-ombrelles et je me sens haltérophile de montagnes, Himalaya au bras gauche et Rocheuses au bras droit. Atlas est un nain besogneux à côté de moi ; de la joie géante m'inonde ! Le train fait résonner ses fantômes à chacun de nos gestes. Le bruit de ses talons sur le plancher nous enveloppe.

— Silence ! hurle une voix aigre.

Nous nous désemboîtons dans un sursaut. On a réveillé le monstre du Loch Ness. Nous sommes en apnée.

— C'est toi, nabot ? Qu'est-ce que tu trafiques à cette heure-ci sur le parcours ?

— Je cherche des idées pour effrayer.

— Cherche en silence ! Et ne touche pas à mes crânes tout neufs !

— Oui, oui...

Affolée, Miss Acacia s'est blottie un peu plus au creux de mes bras. Le temps semble s'être arrêté, et je n'ai pas forcément envie qu'il reprenne son cours habituel. À tel point que j'en oublie de tenir mon cœur à distance. Elle grimace en posant sa tête contre ma poitrine.

— Qu'est-ce qu'il y a là-dessous, ça pique !

Je ne réponds rien, mais je suis parcouru des sueurs froides du faussaire démasqué. J'envisage de mentir, d'inventer, de truquer, mais il y a tant de simple sincérité dans sa question que je n'y parviens pas. J'ouvre lentement ma chemise, bouton par bouton. L'horloge apparaît, le tic-tac se fait plus sonore. J'attends la sentence. Elle approche sa main gauche en chuchotant :

— Qu'est-ce que c'est que ça ?

La compassion qui émane de sa voix donne envie d'être malade jusqu'à la fin de ses jours pour l'avoir à ses côtés comme infirmière. Le coucou se met à carillonner. Elle sursaute. Tout en donnant un tour de clé, je murmure :

— Je suis désolé. C'est mon secret, j'aurais voulu te le confier plus tôt, mais j'avais peur de t'effrayer pour de bon.

Je lui explique que cette horloge me sert de cœur depuis le jour de ma naissance. Je ne mentionne pas le fait que l'amour – tout comme la colère – m'est vivement déconseillé, pour cause d'incompatibilité organique. Elle me demande si mes sentiments pourraient être modifiés en cas de changement d'horloge ou s'il ne s'agit que d'un procédé mécanique. Une étrange malice éclaire sa voix, tout cela semble beaucoup l'amuser. Je lui réponds que la mécanique du cœur ne peut fonctionner sans émotions, sans toutefois m'aventurer plus avant sur ce terrain glissant.

Elle sourit, comme si je lui expliquais les règles d'un jeu délicieux. Pas de cri d'horreur, pas de rire. Jusqu'à présent, seuls Arthur, Anna, Luna, ou Méliès n'ont pas été choqués par mon horloge-cœur. C'est un acte d'amour très important pour moi cette façon qu'elle a de me signifier « Tu as un coucou entre les os ? Et alors ? ». Tout simplement, si simplement…

Il ne faut pas que je m'emballe trop tout de même. Peut-être qu'à travers ses yeux abîmés l'horloge est moins repoussante.

— C'est pratique ce machin. Si comme tous les hommes tu te lasses, je pourrai essayer de remplacer ton cœur avant que tu ne me remplaces par une autre.

— Nous nous sommes embrassés pour la première fois il y a exactement trente-sept minutes à l'horloge de mon cœur, je crois que nous avons encore un peu de temps devant nous avant de penser à tout ça.

Même ses accès de « je ne me laisse pas faire » commencent à prendre un tour gracieux.

Je raccompagne Miss Acacia à pas de loup, l'étreins comme un loup, disparais en me prenant pour un loup.

Je viens d'embrasser la fille à langue d'oiseau et rien ne sera plus jamais comme avant. Mon horlogerie palpite tel un volcan impétueux. Pourtant ça ne me fait mal nulle part. Enfin si, quand même, j'ai un point de côté. Mais je me dis qu'après une telle ivresse de joie, ce n'est qu'un maigre prix à payer. Cette nuit, je vais grimper à la lune, m'installer dans le croissant comme dans un hamac et je n'aurai absolument pas besoin de dormir pour rêver.

8

Le lendemain, Brigitte Heim me réveille avec sa voix de sorcière non magique.

— Debout, nabot ! Aujourd'hui tu t'appliques à faire peur aux gens, sinon je te vire sans te payer.

De bon matin, sa voix de vinaigre me donne la nausée. J'ai la gueule de bois amoureuse ; le réveil est violent.

Est-ce que je n'aurais pas un peu trop mélangé mes rêves et la réalité hier soir ? Est-ce que j'aurai encore droit à tout ce pétillement la prochaine fois ? Rien que l'idée me picote l'horloge. Je sais pertinemment que je vais à l'encontre des recommandations de Madeleine. Je n'ai jamais été si heureux et si angoissé à la fois.

Je passe voir Méliès pour faire vérifier mon horloge.

— Ton cœur n'a jamais aussi bien fonctionné, mon garçon, assure-t-il. Tu devrais te regarder dans la glace quand tu évoques ce qui s'est passé la nuit dernière, tu verrais dans tes yeux que le baromètre de ton cœur est au beau fixe.

Toute la journée, je plane dans le train fantôme à la pensée que ce soir je pourrai encore jouer à l'alchimiste.

Nous nous voyons seulement la nuit. Sa fière coquetterie me prévient de son arrivée, elle se cogne toujours à quelque chose. C'est sa façon à elle de frapper à la porte du train fantôme.

Nous nous aimons comme deux allumettes vivantes. Nous ne parlons pas, nous nous enflammons. Ne parlons plus de baisers mais d'«incendie», mon corps est devenu un tremblement de terre d'un mètre soixante-six et demi. Mon cœur s'échappe de son enveloppe-prison. Il s'envole par les artères, s'installant sous mon crâne pour devenir cerveau. Dans chaque muscle et jusqu'au bout des doigts, le cœur ! Soleil féroce, partout. Maladie rose à reflets rouges.

Je ne peux plus me passer de sa présence ; l'odeur de sa peau, le son de sa voix, ses petites façons d'être la fille la plus forte et la plus fragile du monde. Sa manie de ne pas mettre de lunettes pour voir le monde à travers l'écran de fumée de sa vue abîmée ; sa façon à elle de se protéger. Voir sans voir vraiment et, surtout, sans se faire remarquer.

Je découvre l'étrange mécanique de son cœur. Elle fonctionne avec un système de coquille autoprotectrice liée à l'abyssal manque de confiance qui l'habite. Une absence d'estime de soi se bagarrant avec une détermination hors du commun. Les étincelles que produit Miss Acacia en chantant sont les éclats de ses propres fêlures. Elle est capable de les projeter sur scène, mais dès que la musique s'arrête, elle perd l'équilibre. Je n'ai pas encore trouvé l'engrenage cassé en elle.

Le code d'entrée à son cœur change tous les soirs. Parfois, la coquille est dure comme un roc. J'ai beau tenter mille combinaisons en forme de caresses et de mots réconfortants, je reste à la porte. Pourtant j'aime tant la faire craquer, cette coquille ! Entendre ce petit bruit lorsqu'elle se désamorce, voir la fossette qui se creuse au coin de ses lèvres qui semblent dire

« Souffle ! ! ». Le système de protection qui vole en doux éclats.

— Comment apprivoiser une étincelle. Voilà le manuel dont j'aurais besoin ! dis-je à Méliès.

— Un précis d'alchimie absolue tu veux dire... Ah ah ! Mais les étincelles ne s'apprivoisent pas, mon garçon. Tu te verrais tranquillement installé chez toi avec une étincelle en cage ? Elle brûlerait et te cramerait avec, tu ne pourrais même pas t'approcher des barreaux.

— Je ne veux pas la mettre en cage, je voudrais seulement lui donner plus de confiance en elle.

— L'alchimie absolue, c'est bien ça !

— Disons que je rêvais d'un amour grand comme la colline d'Arthur's Seat et que je me retrouve avec une chaîne de montagnes qui grandit directement sous mes os.

— C'est une chance exceptionnelle, tu sais, peu de gens approchent ce sentiment.

— Peut-être, mais maintenant que j'y ai goûté, je ne peux plus m'en passer ! Et lorsqu'elle se renferme, je suis totalement démuni.

— Contente-toi de profiter des moments où tout ça te traverse. J'ai connu une étincelle moi aussi, je peux te dire que ces filles sont comme la météo des montagnes : imprévisibles ! Même si Miss Acacia t'aime, tu ne pourras jamais la maîtriser.

Nous nous aimons en secret. Nous n'avons que trente ans à nous deux. Elle est la petite chanteuse célèbre depuis son enfance. Je suis l'étranger qui travaille au train fantôme.

L'Extraordinarium fonctionne comme un village, tout le monde se connaît et les commérages vont bon train. Il y a les jaloux, les tendres, les moralistes, les mesquins, les courageux et les bien intentionnés envahissants.

Je me verrais bien flotter au-dessus du qu'en-dira-t-on, ne serait-ce que pour l'embrasser un peu plus longtemps. Miss Acacia au contraire refuse toujours catégoriquement l'idée que qui que ce soit connaisse notre secret.

Cette situation nous convenait bien au début, on se sentait un peu pirates, et la sensation magique d'échapper au monde nous permettait de tenir.

Mais lorsque la grande sensation amoureuse se confirme au-delà du premier éclair, elle débarque comme un paquebot dans une baignoire. Alors, on a besoin de place, de plus en plus de place... On a beau se délecter de la lune, on veut du soleil aussi.

— Je vais t'embrasser devant tout le monde, on ne risque rien.

— Moi aussi j'aimerais t'embrasser en plein jour et faire les choses que tout le monde fait. Seulement, tant que l'on ne nous voit pas, on est protégés des commérages. On ne vivra plus jamais en paix si des gens comme Brigitte Heim découvrent notre secret.

Bien sûr le sucre des petits mots qu'elle glisse dans mes poches est savoureux et je les glisserais bien sous ma langue. Mais je supporte de moins en moins de devoir la regarder s'échapper dans les interstices de la nuit quand l'aube approche. L'aiguille de ses talons qui marque le tempo de son éloignement relance mes insomnies. J'en ai mal au dos lorsque le jour se lève et que les oiseaux m'indiquent qu'il ne me reste plus grand-chose à dormir.

En quelques mois, notre amour a encore grandi. Il ne peut plus se contenter de se nourrir uniquement aux seins de la nuit. Envoyez le soleil et le vent, il nous faut du calcium pour les os de nos fondations.

Je veux tomber le masque de chauve-souris romantique. Je veux l'amour en plein jour.

Près d'un an après nos premiers incendies, cette situation n'a toujours pas évolué. Rien de plus, rien de moins. Je ne parviens pas à atténuer son angoisse de nous exposer. Méliès me conseille d'être patient avec Miss Acacia. J'étudie la mécanique de son cœur avec passion, je tente d'en ouvrir les serrures bloquées, avec des clés douces. Mais certains endroits semblent fermés à jamais.

Sa réputation de chanteuse enflammée dépasse désormais le cadre de l'Extraordinarium. J'aime aller l'écouter chanter dans les cabarets des villes alentour. Sentir le vent dans ses mouvements flamencos. J'arrive toujours après le début du spectacle, et m'éclipse avant la fin, pour que personne ne remarque ma présence régulière.

Après les concerts, des cohortes d'hommes bien habillés attendent sous la pluie pour lui offrir des bouquets de fleurs plus grands qu'elle. Ils la courtisent sous mon nez. Planqué à la lisière d'une forêt d'ombres, je n'ai pas le droit de me montrer. Ils s'émerveillent de son talent de grande petite chanteuse. Je le connais sur le bout des doigts son sacré feu, elle le distille sur toutes les scènes qu'elle foule. Je me retrouve à la marge de sa vie sociale. Voir briller ces étincelles dans les yeux d'un gros paquet d'hommes au cœur en bonne santé me fait l'effet d'un terrible retour de flamme. Le revers de la médaille amoureuse pointe ses sombres reflets, je découvre que moi aussi j'éprouve de la jalousie.

Ce soir, j'ai décidé de tenter une expérience pour la garder dans mon lit. Je vais bloquer mes aiguilles et arrêter le temps. Je redémarrerai le monde seulement si elle me le demande. Madeleine devait m'interdire de les toucher parce qu'elle craignait que j'intervienne sur le cours du temps. Si Cendrillon avait eu une horloge dans le cœur, elle aurait bloqué le temps à minuit moins une et se serait éclatée au bal toute sa vie.

Alors que Miss Acacia enfile ses escarpins d'une main et se recoiffe de l'autre, je bloque l'aiguille des minutes. Il est 4 h 37 depuis un bon quart d'heure à l'horloge de mon cœur lorsque je la relâche. Entretemps, Miss Acacia a disparu dans le labyrinthe silencieux de l'Extraordinarium, les premiers oiseaux de l'aube accompagnant le bruit de ses pas.

J'aurais voulu prendre un peu plus de temps pour observer à loisir ses chevilles de poussin, pour remonter le long de ses mollets aérodynamiques jusqu'aux cailloux ambrés qui lui servent de genoux. Alors j'aurais longé ses cuisses entrouvertes pour me poser sur la plus douce des pistes d'atterrissage. Là, je me serais entraîné à devenir le plus grand caresseur-embrasseur du monde. À chaque fois qu'elle voudra rentrer chez elle, je lui ferai le coup. Blocage temporel, suivi d'un cours de langues pas étrangères. Alors, je redémarrerai le monde, elle se sentira toute chose et elle ne pourra résister à l'idée de passer encore quelques vraies minutes lumineuses au creux de mon lit. Et durant ces instants volés au temps, elle ne sera que pour moi.

Mais si cette vieille breloque sait parfaitement me signifier le temps qui passe en tic-taquant lors de mes insomnies, elle refuse de m'aider pour la magie. Je reste assis seul sur mon lit à tenter tant bien que mal d'atténuer mes douleurs d'horloge en pressant mes engrenages entre mes doigts. Ô Madeleine, tu serais furieuse !

Le lendemain matin, je décide de rendre visite à Méliès. Il s'est construit un atelier dans lequel il travaille dur à son rêve de photographie qui bouge. Je passe le voir presque tous les après-midi, avant d'aller au train fantôme. Je le surprends souvent avec des « belles ». Un jour, brune aux cheveux longs, le lendemain, petite rousse. Pourtant, il travaille toujours au fameux voyage sur la Lune qu'il voulait offrir à la femme de sa vie.

— Je me soigne de cet amour perdu à coups de réconfort, c'est une médecine douce qui pique un peu parfois, mais qui me permet de me reconstruire. La sorcellerie rose s'est retournée contre moi ; je te l'ai dit aucun truc ne marche à tous les coups. Il me faut faire un peu de rééducation désormais avant de me jeter à nouveau dans les grandes sensations. Mais ne prends pas exemple sur moi. Continue à souder tes rêves à la réalité, sans oublier le plus important : c'est de toi que Miss Acacia est amoureuse aujourd'hui.

9

Brigitte Heim menace tous les jours de me virer si je persiste à rendre son train fantôme comique, mais ne passe pas aux actes en raison de l'affluence des clients. Je m'efforce du mieux que je peux de les effrayer, mais je ne peux m'empêcher de faire rire involontairement. J'ai beau chanter *Oh When the Saints* en boitant comme Arthur, casser des œufs sur le rebord de mon cœur dans le silence du virage des candélabres, jouer de l'archet sur mes engrenages pour en tirer des mélodies grinçantes et finir par bondir de wagon en wagon jusque sur les genoux des gens, rien n'y fait, ils rient tous aux éclats. Je foire systématiquement mes effets de surprise car mon tic-tac résonne dans tout le bâtiment, les clients savent exactement quand je suis censé les surprendre, certains habitués rient même à l'avance. Méliès, lui, pense que je suis beaucoup trop amoureux pour faire vraiment peur.

Miss Acacia vient de temps en temps faire un tour de train fantôme. Mon horloge tic-taque toujours plus fort lorsque je la vois installer ses fesses d'oiseau sur la banquette d'un wagonnet. Je lui glisse quelques « incendies » dans les poches en attendant nos retrouvailles nocturnes.

Allez, viens mon arbre à fleurs, ce soir on éteindra la lumière et je déposerai des lunettes sur tes bourgeons. Du bout des branches tu raieras la voûte céleste et secoueras le tronc invisible qui soutient la lune. De nouveaux rêves tomberont comme de la neige tiède à nos pieds. Tes racines en forme de talons aiguilles, tu les planteras en terre, solidement accrochées. Laisse-moi grimper sur ton cœur de bambou, je veux dormir à tes côtés.

Minuit sonne à l'horloge. Je remarque quelques copeaux de bois sur mon lit ; mon horloge s'effrite par endroits. Miss Acacia débarque sans lunettes mais avec un regard aussi concentré que si nous avions un rendez-vous d'affaires.

— Tu étais bizarre hier soir, tu m'as même laissée partir sans me dire au revoir, pas un baiser, rien. Tu trafiquais ton horloge, hypnotisé. J'ai eu peur que tu te coupes avec les aiguilles.

— Je suis désolé, je voulais juste tenter quelque chose pour que tu restes un peu plus longtemps, mais ça n'a pas fonctionné.

— Non, ça n'a pas fonctionné. Ne joue pas à ça avec moi. Je t'aime, mais tu sais bien que je ne peux pas rester jusqu'au matin.

— Je sais, je sais… c'est justement pour ça que j'ai essayé de…

— D'ailleurs, tu pourrais retirer ton horloge quand on est tous les deux, je me fais des bleus pendant qu'on…

— Enlever mon horloge ? Mais je ne peux pas !

— Bien sûr que si, tu peux ! Je ne garde pas mon maquillage de scène lorsque je te rejoins sous les draps, moi !

— Si, ça t'arrive ! Et tu es très belle toute nue avec les yeux maquillés.

Une légère éclaircie pointe entre ses cils.

— Mais moi, je ne pourrai jamais retirer mon horloge, ce n'est pas un accessoire !

Elle répond en tordant sa grande bouche élastique en guise de « je ne te crois même pas à soixante-dix pour cent... ».

— Tu sais, j'aime la manière dont tu crois en tes rêves, mais il faut redescendre un peu parfois, il faut grandir. Tu ne vas pas passer ta vie avec des aiguilles qui dépassent de ton manteau, déclare-t-elle avec un ton d'institutrice.

Je n'ai jamais été aussi loin de ses bras tout en étant dans la même pièce depuis notre première rencontre.

— Et si, pourtant. Je fonctionne vraiment comme ça. Cette horloge fait partie de moi, c'est elle qui fait battre mon cœur, elle m'est vitale. Je dois faire avec. J'essaie d'utiliser ce que je suis pour transcender les choses, pour exister. Exactement comme toi sur scène, quand tu chantes, c'est la même chose.

— C'est pas la même chose, coquin ! dit-elle en laissant glisser le bout de ses ongles sur mon cadran.

L'idée qu'elle puisse penser que mon horloge soit un « accessoire » me glace le sang. Je ne pourrais pas l'aimer si je prenais son cœur pour un faux, qu'il soit en verre, en chair ou en coquille d'œuf.

— Garde-la si tu veux, mais fais attention avec tes aiguilles...

— Est-ce que tu crois en moi à cent pour cent ?

— Je dirais à soixante-dix pour cent, pour l'instant, à toi de me montrer que je peux aller jusqu'à cent pour cent, little Jack...

— Pourquoi me manque-t-il trente pour cent ?

— Parce que je connais bien les hommes.

— Je ne suis pas « les hommes ».

— C'est ce que tu crois ?

— Exactement !

— Tu es un truqueur-né ! Même ton cœur est un truc !

— Mon seul vrai truc, c'est mon cœur !

— Tu vois, tu retombes sur tes pattes, toujours. Mais c'est aussi ça que j'aime en toi.

— Je ne veux pas que tu aimes « ça en moi », je veux que tu aimes « moi tout entier ».

Ses paupières en forme d'ombrelles noires clignent en rythme avec les tic-tac de mon cœur. Plusieurs moues amusées et dubitatives défilent au coin de ces lèvres que je n'ai pas embrassées depuis trop longtemps. Les palpitations accélèrent sous mon cadran. Un picotement bien connu.

Elle enclenche alors son roulement de tambour appelant aux choses douces, une ébauche de fossettes s'allume.

— Je t'aime en entier, conclut-elle.

Elle pose ses mains stratégiques, j'en ai le souffle coupé. Mes pensées se diluent dans mon corps. Elle éteint la lumière.

Son cou est saupoudré de grains de beauté minuscules, constellation descendant jusqu'à ses seins. Je deviens l'astronome de sa peau, fourre mon nez dans ses étoiles. Sa bouche entrouverte me fait loucher, j'ai des bulles dans le sang et des éclairs entre les cuisses. Je l'effleure de toutes mes forces, elle m'est fleur de toutes les siennes. De ses mains coule une douce électricité. Je m'approche encore.

— Pour augmenter mes statistiques de confiance, je vais te donner la clé de mon cœur. Tu ne pourras pas l'enlever, mais tu pourras faire ce que tu veux, exactement quand tu voudras. Tu *es* la clé qui m'ouvre entièrement de toute façon. Et toi, puisque je te fais déjà entièrement confiance, tu vas mettre des lunettes et me laisser te regarder dans les yeux à travers les verres, d'accord ?

Ma petite chanteuse accepte et tire ses cheveux en arrière. Ses yeux jaillissent de son visage de biche élégante. Puis elle enfile une des paires de lunettes de Madeleine en penchant la tête sur le côté. Ô Madeleine, si tu voyais ça, tu serais furieuse !

Je pourrais lui dire que je la trouve sublime avec ses lunettes, mais comme elle ne me croira pas, je préfère lui caresser la main. Je commence à me dire que peut-être en me voyant tel que je suis, elle me trouvera moins à son goût. Je m'angoisse à mon tour.

Je pose ma clé dans sa main droite. J'ai le trac, ça fait un bruit de train miniature.

— Pourquoi tu as deux trous ?

— À droite, c'est pour ouvrir, à gauche pour me remonter.

— Je peux ouvrir ?

— D'accord.

Elle enfonce délicatement la clé dans ma serrure droite. Je ferme les yeux puis les rouvre, comme quand on s'embrasse longtemps, pour observer l'«incendie».

Ses paupières sont closes, si magnifiquement closes. C'est un moment d'une étonnante sérénité. Elle saisit un engrenage entre son pouce et son index, doucement, sans ralentir son fonctionnement. Une marée de larmes monte d'un seul coup et me submerge. Elle relâche sa subtile étreinte et les robinets de la mélancolie s'arrêtent de couler. Miss Acacia caresse un deuxième engrenage – me chatouillerait-elle le cœur ? Je ris légèrement, à peine un sourire sonore. Alors, sans lâcher le second engrenage de la main droite, elle revient sur le premier avec les doigts de sa main gauche. Quand elle me plante ses lèvres jusqu'aux dents, ça me fait l'effet fée bleue, celle de Pinocchio, mais en plus vrai. Sauf que ce n'est pas mon nez qui s'allonge. Elle le sent, accélère ses mouvements, augmentant progressivement la pression sur mes engrenages. Des sons s'échappent de ma bouche sans que je puisse les retenir. Je suis surpris, gêné, mais surtout excité. Elle se sert de mes engrenages comme s'ils étaient des potentiomètres, mes soupirs se changent en râles.

— J'ai envie de prendre un bain, murmure-t-elle.

Je fais signe que je suis d'accord, je ne vois pas avec quoi je pourrais ne pas être d'accord, d'ailleurs. Je rebondis sur mes orteils pour aller jusqu'à la salle d'eau et faire couler un bon bain bouillant.

Je fais doucement, pour ne pas réveiller Brigitte. Le mur de la pièce jouxte celui de sa chambre, on l'entend tousser.

Les reflets argent donnent l'impression que le ciel et ses étoiles viennent de tomber dans la baignoire. C'est merveilleux, ce robinet ordinaire qui disperse des étoiles molles dans le silence de la nuit. Nous entrons délicatement dans l'eau, afin de ne pas éclabousser ce délice. Nous sommes deux vermicelles étoilés, grand format. Et faisons l'amour le plus lent du monde, seulement avec nos langues. Avec les clapotis de l'eau, on se croirait chacun dans le ventre de l'autre. J'ai rarement ressenti quelque chose d'aussi agréable.

Nous chuchotons des cris. Il faut se retenir. Tout à coup elle se lève, se retourne et nous nous transformons en animaux de la jungle.

Je finis par m'écrouler de tout mon long, comme si je venais de mourir dans un western et elle se met à hurler lentement. Le coucou sonne au ralenti. Ô Madeleine…

Miss Acacia s'endort. Je la regarde pendant un long moment. La longueur de ses cils maquillés renforce la férocité de sa beauté. Elle est si désirable que je me demande si son métier de chanteuse ne l'aurait pas conditionnée au point de prendre la pose pour des peintres imaginaires même en plein sommeil. Elle ressemble à un tableau de Modigliani, un tableau de Modigliani qui ronfle un tout petit peu.

Sa vie de petite chanteuse qui monte qui monte reprend son cours dès le lendemain, avec son lot de gens qui, sortes de fantômes de chair, traînent autour d'elle sans fonction précise.

Toute cette faune parfumée m'effraie plus qu'une meute de loups un soir de pleine lune. Tout est faux-semblant, parlotte plus creuse qu'un caveau funéraire. Je la trouve courageuse de surnager dans ce tourbillon de strass et de fange.

Un jour ils vont me l'envoyer sur la Lune pour expérimenter les réactions des extraterrestres à l'érotisme. Elle chantera, elle dansera, elle répondra aux questions des journalistes de la Lune, on la prendra en photo et elle finira par ne jamais revenir. Parfois je me dis qu'il ne manquerait plus que Joe, dans le rôle de la cerise vérolée sur le gâteau pourri.

La semaine suivante, Miss Acacia chante à Séville. Je ressors la planche à roulettes fabriquée par Méliès et m'en vais chevaucher les montagnes rouges pour la retrouver dans sa chambre d'hôtel à la fin de son spectacle.

En chemin, le pigeon voyageur me dépose une nouvelle lettre de Madeleine. À peine quelques mots, toujours les mêmes – ces mots qui ne lui ressemblent pas. J'aurais tellement voulu plus... J'aimerais tant qu'elles se rencontrent avec Miss Acacia. Bien sûr, Madeleine aurait peur à cause de l'amour, mais la personnalité de ma petite chanteuse lui plairait. Imaginer ces deux louves discuter constitue un doux rêve qui ne cesse de me bercer.

Le lendemain du concert, nous nous promenons comme de vrais amoureux dans Séville. La température est agréable, un vent tiède nous caresse la peau. Nos doigts sont maladroits pour faire les choses de gens normaux en plein jour. La nuit, téléguidés par l'envie, ils se connaissent par cœur, mais là, on dirait quatre mains gauches à qui on demanderait d'écrire « bonjour ».

Nous sommes empotés de la tête aux pieds, un vrai couple de vampires parti faire ses courses au marché sans lunettes de soleil. Le comble du romantisme. Et pour nous, s'enlacer tranquillement sur les berges du fleuve Guadalquivir au beau milieu de l'après midi, c'est le sommet de l'érotisme.

Au-dessus de ce bonheur simple et évident plane toutefois un nuage de menaces. Je suis fier d'elle comme je n'ai jamais été fier de quoi que ce soit. Mais à mesure que le temps passe les regards extasiés des mâles de mon espèce me rendent de plus en plus jaloux. Je me rassure en me disant que sans ses lunettes, elle ne le voit peut-être pas, ce troupeau de plus beaux que moi. Pourtant, je me sens seul au milieu de cette foule toujours plus grande qui vient l'applaudir, quand moi je dois retrouver mon rôle d'étranger et rentrer seul dans mon grenier à ombres.

D'autant plus seul qu'elle n'accepte pas l'idée que j'en souffre. Je pense qu'elle ne croit toujours pas à mon horloge-cœur.

Je ne lui ai pas encore expliqué qu'avec ce cœur de fortune, mon comportement était aussi dangereux que celui d'un diabétique qui s'empiffrerait d'éclairs au chocolat du soir au matin. Je ne suis pas certain d'avoir envie de le lui raconter. Si je m'en tiens aux théories de Madeleine, je suis présentement à l'article de la mort.

Est-ce que je vais être à la hauteur ? Est-ce que ma vieille breloque de cœur va tenir ?

Et pour pimenter cette sauce déjà bien piquante, Miss Acacia est au moins aussi jalouse que moi. Ses sourcils se froncent comme ceux d'une lionne prête à bondir dès qu'une demi-biquette à peu près bien coiffée entre dans mon champ de vision, même en dehors du train fantôme.

Au début, je trouvais ça flatteur, je me sentais capable de voler au-dessus de tous les obstacles. Mes ailes étaient neuves, j'étais sûr qu'elle me croyait. Mais en découvrant qu'elle me prenait pour un truqueur, je me suis senti fragilisé. Au fond de mes solitudes nocturnes, j'ai aussi abîmé ma confiance en moi.

Ce n'est plus une sauce piquante notre histoire, mais une soupe aux hérissons.

10

Un jour, un homme étrange s'est pointé au train fantôme pour briguer le poste d'épouvanteur. Ce jour-là la soupe aux hérissons a commencé à me rester en travers de la gorge

Il est grand, très grand. Sa tête semble dépasser le toit du train fantôme. Son œil droit est caché par un morceau de tissu noir. Son œil gauche scrute l'Extra-ordinarium comme la lumière d'un phare le ferait sur la mer. Il se stabilise enfin sur la silhouette de Miss Acacia. Et ne la quitte plus.

Brigitte, qui désespère de me voir enfin réussir un spectacle basé sur la peur, l'engage immédiatement. Je me retrouve viré. Tout va très vite, beaucoup trop vite pour moi. Je vais devoir demander à Méliès de m'héberger dans son atelier. Je ne sais pas comment ma précieuse intimité avec ma petite chanteuse va pouvoir perdurer dans ces conditions.

Miss Acacia chante ce soir dans un théâtre de la ville. Comme à mon habitude, je me glisse à l'arrière de la salle après la première chanson. Le nouvel épouvanteur est assis au premier rang. Il est tellement grand qu'il gâche la vue de la moitié de la salle. Moi, en tout cas, je n'y vois rien.

Cet œil braqué sur ceux de Miss Acacia fait cuire ma chemise. De toute la soirée, même après le concert, il n'a pas débloqué son gyrophare. J'ai envie de lui dire de dégager, à ce lampadaire ambulant. Mais je me retiens. Mon cœur, lui, ne tarde pas à s'égosiller, en *la* mineur un peu faux. Toute la salle se retourne pour rire. Quelques-uns me demandent comment je fais ces bruits bizarres, puis l'un me lance :

— Je vous reconnais ! Vous êtes le type qui fait rire tout le monde au train fantôme !

— Je n'y travaille plus depuis hier.

— Ah, pardon... Très amusant votre truc en tout cas.

Je me retrouve propulsé dans la cour de l'école. Envolée, la confiance acquise dans les bras de Miss Acacia. Tout mon être se disloque doucement.

Après le spectacle, difficile de ne pas m'en ouvrir à l'élue de mon cœur, qui s'exclame :

— Ce grand dadet ? Pfff...

— Il semble hypnotisé par toi.

— C'est toi qui parles tout le temps de confiance et tu viens faire des histoires pour ce pirate borgne, là ?

— Je ne te reproche rien à toi, je vois bien, c'est lui qui te tourne autour comme un requin.

Je suis déstabilisé car, si je lui fais confiance, je me doute que ce pirate va faire son possible pour la séduire. Certains regards ne trompent pas, même lorsqu'ils sont lancés par un seul œil. Pire, l'intensité en est redoublée.

Mais là où la soupe aux hérissons se fait franchement trop piquante, c'est quand le grand dadet borgne s'approche de nous et nous lance :

— Vous ne me reconnaissez pas ?

Au moment où il prononce ces mots, un long frisson parcourt ma colonne vertébrale. Cette sensation, que je connais bien et déteste par-dessus tout, je ne l'ai pas ressentie depuis l'école.

— Joe ! Mais qu'est-ce que tu fais là ? s'écrie Miss Acacia, embarrassée.

— J'ai fait un long voyage pour vous retrouver, tous les deux, un très long voyage...

Son élocution est lente. À part l'œil et quelques poils de barbe, il n'a pas changé. Bizarre que je ne l'aie pas reconnu tout de suite. Je n'arrive pas à réaliser que Joe est ici, en vrai. Je me répète en boucle pour m'encourager : « Ce n'est pas ton décor, Joe, tu vas retourner vite fait au fond de tes brumes écossaises. »

— Vous vous connaissez ? demande Miss Acacia.

— Nous étions à l'école ensemble. Nous sommes, disons... de vieilles connaissances, répond-il en souriant.

Je suis pétrifié de haine. Je lui crèverais bien le deuxième œil sur-le-champ pour le renvoyer d'où il vient, mais je tente de garder mon calme devant ma petite chanteuse.

— Il va falloir que nous ayons une discussion, dit-il en me fixant de son œil froid.

— Demain midi, devant le train fantôme, seul à seul.

— D'accord. Et n'oublie pas d'apporter le double des clés, répond-il.

Le soir même, Joe prend en effet ses quartiers dans mon ancienne chambre. Il va dormir dans le lit où Miss Acacia et moi avons connu nos premiers ébats, il va se promener dans les couloirs où nous nous sommes si souvent embrassés, apercevoir les restes de nos rêves dans les miroirs... De la salle de bains où nous sommes cachés, nous l'entendons installer ses affaires.

— Joe est un de tes anciens amoureux, c'est ça ?

— Oh, un amoureux... J'étais enfant. Quand je le vois maintenant, je me demande comment j'ai pu m'intéresser à un garçon comme lui !

— Moi aussi, je me le demande... Et je te le demande aussi, d'ailleurs !

— C'était un peu le caïd de l'école, il impressionnait tout le monde à l'époque. J'étais très jeune, c'est tout. C'est une drôle de coïncidence qu'on le connaisse tous les deux !

— Pas vraiment, non.

Je ne veux pas lui raconter l'histoire de l'œil. J'ai peur qu'elle me prenne pour un dangereux maniaque. Je sens le piège se refermer autour de moi, inexorablement. Une seule chose m'obsède : Joe est de retour et je ne sais pas du tout comment maîtriser la situation.

— Pourquoi est-ce qu'il t'a demandé le double des clés ?

— Brigitte Heim vient de l'engager au train fantôme à ma place. À compter de ce soir, il prend également ma chambre.

— Cette bonne femme n'y comprend rien.

— Le problème, c'est Joe !

— Elle t'aurait viré de toute façon, tu le sais. On se trouvera d'autres cachettes, va… On ira passer les nuits au cimetière s'il le faut, tu pourras faire semblant de m'offrir des vraies fleurs comme ça ! Allez, ne t'inquiète pas, tu trouveras vite du travail ailleurs. Peut-être même que tu n'auras plus à effrayer pour exister. Je suis persuadée qu'en te concentrant sur ce que tu sais faire tu vas trouver quelque chose de bien mieux que le train fantôme. Et ne fais pas tout un drame du retour de Joe. Je ne veux personne d'autre que toi, tu en es conscient ?

Ces quelques mots s'allument en moi, puis s'éteignent aussitôt. L'angoisse tisse une toile d'araignée dans ma gorge, ma voix y est prise au piège. J'aimerais me montrer fort, mais je craque de toutes parts. Allez, mon vieux tambour, il faut tenir le coup !

Je tente de relancer la mécanique de mon cœur, mais rien n'y fait, je m'enfonce dans les brumes noirâtres de mes souvenirs d'enfance. Comme à l'école, la peur reprend le contrôle. Ô Madeleine, tu serais furieuse... Mais j'aimerais tant que tu viennes me susurrer tes « *love is dangerous for your tiny heart* » au creux de l'oreille ce soir. J'ai tellement besoin de toi en ce moment...

Le soleil cogne sur le toit du train fantôme. À l'horloge de mon cœur, il est midi pile. Alors que j'attends Joe, ma peau de roux prend gentiment feu. Trois oiseaux de proie tournoient en silence.

Il revient pour se venger de moi, et me voler Miss Acacia représenterait évidemment la vengeance absolue, je le sais. Je l'attends. Les arcades de l'Alhambra avalent leurs ombres. Une goutte de sueur perle sur mon front et tombe dans mon œil droit. Le sel qu'elle y dépose déclenche une larme.

Joe apparaît à l'angle de la rue principale, qui traverse l'Extraordinarium. Je tremble, plus de rage que de peur finalement. J'adopte une attitude qui se veut désinvolte, alors que sous la peau mes engrenages se carbonisent. Les palpitations de mon cœur sont plus bruyantes que la pelleteuse d'un fossoyeur.

Joe s'immobilise à une dizaine de mètres de moi, pile en face. Son ombre lèche la poussière de ses pas.

— Je voulais te revoir, et pas pour me venger, contrairement à ce que tu peux croire.

Sa voix est toujours une arme redoutable. Comme celle de Brigitte Heim, elle a le don de faire exploser les vitres de mes rêves.

— Je ne crois rien. Tu m'as humilié et brutalisé des années durant. Un jour, ça a fini par se retourner contre toi. Je pense que nous sommes quittes.

— Je reconnais t'avoir fait du mal en te mettant volontairement en quarantaine à l'école. J'ai compris ta souffrance après coup, lorsque je me suis retrouvé borgne. J'ai vu les regards effrayés. J'ai senti les gens changer de comportement. Certains m'évitaient comme si j'étais contagieux, comme si en me parlant

ils allaient perdre leurs propres yeux. J'ai pris conscience jour après jour du mal que j'avais pu te faire...

— Mais tu n'as pas traversé la moitié de l'Europe
pour venir t'excuser, je suppose.

— Non, tu as raison. Nous avons encore quelques
comptes à régler. Tu ne t'es jamais demandé pourquoi je me suis acharné sur toi ?

— Au début, si... J'ai même essayé de te parler,
mais tu te comportais comme un mur de briques. Tu
sais, j'habitais chez « la sorcière qui fait sortir les
gens du ventre des putes », j'étais sans doute « moi-
même sorti du ventre d'une pute », pour reprendre ce
que tu me répétais gentiment à longueur de journée... Et puis j'étais le nouveau, le plus petit de la
classe, et mon cœur faisait des bruits bizarres, c'était
facile de se moquer de moi et de me dominer physi-
quement. La proie idéale, en un mot... Jusqu'à ce
fameux jour où tu as dépassé les limites.

— C'est en partie vrai. Mais je me suis avant tout
acharné sur toi parce que le premier jour de classe,
tu m'as demandé si je connaissais celle que tu appe-
lais à l'époque « la petite chanteuse ». Ce jour-là, pour
moi, tu as signé ton arrêt de mort. J'étais fou amoureux. Toute l'année scolaire précédant ton arrivée, j'ai
tenté de m'approcher sans succès de Miss Acacia.
Mais un jour de printemps, alors qu'elle patinait sur
la rivière gelée en chantonnant comme à son habitude, la glace s'est brisée sous ses pieds. Avec mes
longues jambes et mes grands bras, je suis parvenu
à l'extraire de ce mauvais pas. Elle aurait pu mourir.
Je la revois encore grelotter entre mes bras. Depuis
ce jour, nous ne nous sommes plus quittés, jusqu'au
début de l'été. Je n'ai jamais ressenti un tel bonheur.
Mais le jour de la rentrée scolaire, après avoir rêvé
de la retrouver durant toutes les vacances, j'apprends
qu'elle est restée à Grenade, qu'on ne sait pas quand
elle reviendra.

Dans la bouche de Joe, le mot « rêvé » me fait l'effet incongru d'un berger allemand en train de déguster un croissant en faisant attention à ne pas se foutre de miettes partout sur le pelage.

— Et toi tu débarques le même jour avec tes airs de lutin à cartable pour me dire que tu veux la rencontrer pour lui offrir des lunettes ! Non content de souffrir de son absence, je me retrouve face à toi qui décuples ma jalousie en me signifiant clairement l'affreux point commun qui nous lie encore aujourd'hui : notre amour fou pour Miss Acacia. Je me souviens du bruit que faisait ton cœur lorsque tu parlais d'elle. Je t'ai haï sur-le-champ. Le son de ton tic-tac représentait pour moi l'instrument de mesure du temps qui s'écoulait sans elle. Un instrument de torture rempli de tes propres rêves d'amour pour *ma* Miss Acacia.

— Ça ne justifie pas les humiliations quotidiennes que tu m'as fait subir, je ne pouvais pas deviner ce qui s'était passé avant que j'arrive.

— Je sais, mais les humiliations quotidiennes que je t'ai fait subir ne valent pas ÇA !

Il soulève son bandeau d'un coup, son œil est une sorte de blanc d'œuf sali par le sang et rongé de varices gris-bleu.

— Je te l'ai dit, poursuit-il, ce handicap m'a beaucoup appris, sur moi et sur la vie. En ce qui nous concerne, je suis d'accord avec toi, nous sommes quittes.

Il a un mal fou à prononcer cette dernière phrase. Et moi j'ai un mal fou à accepter de l'entendre, du coup je réponds :

— Nous *étions* quittes. En revenant ici, tu t'en prends à moi de nouveau !

— Je ne viens pas pour me venger de toi, je te l'ai dit, je viens pour ramener Miss Acacia à Édimbourg. Ça fait des années que je rumine ce moment. Même en embrassant d'autres filles. Ton foutu tic-tac a tellement résonné dans ma tête que j'ai l'impression que le jour où tu m'as crevé l'œil, tu m'as aussi refilé ta maladie. Si elle ne veut pas de moi, je repartirai. Dans le cas contraire, tu devras disparaître. Je n'ai plus d'animosité contre toi, mais je suis toujours amoureux d'elle.

— Moi, j'ai toujours de l'animosité contre toi.

— Il va falloir t'y faire, je suis comme toi, dingue de Miss Acacia. Ce sera un combat à l'ancienne et elle seule en sera l'arbitre. Que le meilleur gagne, little Jack.

Il reprend ce sourire suffisant que je lui connais trop bien et me tend sa main aux doigts si longs. J'y dépose les clés de ma chambre. J'ai l'infâme pressentiment de lui offrir les clés du cœur de Miss Acacia. Et ce faisant, je réalise que le temps de la magie amusante avec ma flamme à lunettes est révolu.

Les rêves de maison-cabane en bord de mer où on pourrait se promener tranquille de jour comme de nuit. Sa peau, son sourire, sa repartie, les étincelles de son caractère qui me donnaient envie de me multiplier en elle. Ce « rêve réel » planté dans la terre, c'était hier. Joe est venu la chercher. Je sombre dans les brumes de mes plus vieux démons. Les lances de mon horloge se recroquevillent dans leur fragile cadran. Je ne suis pas encore vaincu, mais j'ai peur, très peur.

Car au lieu de regarder pousser le ventre de Miss Acacia comme un jardinier heureux, il va me falloir une nouvelle fois ressortir l'armure du placard pour affronter Joe.

Le soir même, Miss Acacia se pointe à la porte de ma chambre avec des éclairs de colère dans les yeux. Alors que je tente de fermer ma valise mal rangée, je sens que les minutes à suivre vont être orageuses.

— Oh oh ! attention, météo des montagnes ! je lui lance pour détendre l'atmosphère.

Si sa douceur d'anticyclone est incomparable, ce soir, en un instant, ma petite chanteuse se change en un baril de foudre.

— Alors comme ça, tu crèves les yeux de gens ! Mais de qui suis-je tombée amoureuse ?

— Je...

— Comment as-tu pu faire quelque chose d'aussi horrible ? Tu-lui-as-cre-vé-l'œil !

C'est le grand baptême du feu, la tornade flamenco avec castagnettes de poudre et talons aiguilles plantés entre les nerfs. Je ne m'y attendais pas. Je cherche quoi répondre. Elle ne m'en laisse pas le temps.

— Qui es-tu vraiment ? Et si tu as été capable de me cacher un événement aussi grave, qu'est-ce que je vais découvrir encore ?

Ses yeux sont écarquillés de colère, mais le plus difficile à supporter reste la tristesse horriblement sincère qui les entoure.

— Comment as-tu pu me cacher quelque chose d'aussi monstrueux ? répète-t-elle inlassablement.

Ce salaud de Joe venait d'allumer la plus sombre des mèches en déterrant mon passé. Je ne veux pas mentir à ma petite chanteuse. Mais je ne tiens pas non plus à tout lui raconter, ce qui, il faut l'avouer, correspond à un demi-mensonge.

— D'accord, je lui ai crevé un œil. J'aurais préféré ne jamais en arriver là, c'est sûr. Mais ce qu'il a oublié de te dire, c'est ce que LUI m'a fait subir pendant des années, et surtout pourquoi il m'a fait tout ça... Joe m'a fait vivre les heures les plus noires de ma vie. À l'école, j'étais sa victime préférée. Tu penses ! Un nouveau, tout petit, qui fait des bruits bizarres avec son cœur... Joe passait son temps à m'humilier, à me faire sentir à quel point je n'étais pas comme « eux ». J'étais devenu une sorte de jouet pour lui. Un jour il m'écrasait un œuf sur le crâne, le lendemain il cabossait mon horloge, tous les jours quelque chose, et toujours en public.

— Je sais, il a ce côté fanfaron, il a besoin d'attirer l'attention, mais il ne fait jamais rien de bien méchant. Il n'y avait sûrement pas de quoi se comporter comme un criminel !

— Je ne lui ai pas crevé l'œil à cause de ses fanfaronnades, le problème vient de beaucoup plus loin.

Mes souvenirs affluent par vagues, les mots ont du mal à suivre leur rythme. Piqué à vif, honteux et triste en même temps, je fais de mon mieux pour m'exprimer calmement.

— Tout a commencé le jour de mes dix ans. Ma première fois en ville, je m'en souviens comme si c'était hier. Je t'ai entendue chanter, puis je t'ai vue. Mes aiguilles ont pointé vers toi, comme attirées par un champ magnétique. Mon coucou s'est mis à sonner. Madeleine me retenait. Je me suis libéré de son étreinte pour venir me poster devant toi. Je t'ai donné la réplique, comme dans une comédie musicale extraordinaire. Tu chantais, je répondais, nous communiquions dans un langage que je ne connaissais pas, mais nous nous comprenions. Tu dansais, et je dansais avec toi alors que je ne savais même pas danser ! Tout pouvait arriver !

— Je m'en souviens, depuis le début je m'en souviens. À l'instant où je t'ai trouvé assis dans ma loge, j'ai su que c'était toi. Le petit garçon étrange de mes dix ans, celui qui dormait au fond de mes souvenirs. C'était bien toi...

La mélancolie ne quitte pas le ton de sa voix.

— Tu t'en souviens... Tu te souviens que nous étions dans une bulle ? Il aura fallu toute la poigne de Madeleine pour m'arracher à cette bulle !

— J'ai marché sur mes lunettes puis je les ai posées sur mon nez, toutes tordues.

— Oui ! Des lunettes avec un pansement sur le verre droit ! Madeleine m'avait expliqué qu'on appliquait ce genre de technique pour faire travailler l'œil le plus déficient.

— Oui, c'est vrai…

— Depuis ce jour, je n'ai pas cessé de rêver de te retrouver. J'ai supplié Madeleine de m'inscrire à l'école quand j'ai appris que tu y étais, j'ai attendu longtemps, deux ans au moins, mais à ta place, j'ai eu droit à Joe. Joe et sa cour de ricaneurs. Mon premier jour d'école j'ai eu le malheur de demander si quelqu'un connaissait « la petite chanteuse sublime qui se cogne partout ». Autant dire que j'avais signé là mon arrêt de mort. Joe ne supportait tellement pas l'idée que tu ne sois plus à ses côtés que toute sa frustration se cristallisait sur moi. Il sentait combien je vibrais pour toi et cela décuplait sa jalousie. Chaque matin je franchissais le portail de l'école avec une boule d'angoisse qui ne quittait pas mon ventre de la journée. J'ai subi ses attaques pendant trois années scolaires. Jusqu'à ce jour où il a décidé d'arracher ma chemise pour que je me retrouve torse nu devant toute l'école. Il a voulu ouvrir mon horloge pour m'humilier un peu plus, mais pour la première fois, je ne me suis pas laissé faire. Nous nous sommes battus et ça s'est mal terminé, très mal terminé, comme tu le sais. J'ai alors quitté Édimbourg en pleine nuit, direction l'Andalousie. J'ai traversé la moitié de l'Europe pour te retrouver. Ça n'a pas toujours été facile. Madeleine, Arthur, Anna et Luna me manquaient, ils me manquent encore, du reste… Mais, je voulais te revoir, c'était mon plus grand rêve. Je sais que Joe est revenu pour me le reprendre. Il fera tout pour te détourner de moi. Il a déjà commencé, tu ne le vois pas ?

— Tu crois vraiment que je pourrais retourner avec lui ?

— Ce n'est pas toi que je mets en doute, mais sa faculté à entamer la confiance que nous tentons d'établir pas à pas. Je ne te reconnais plus depuis qu'il est arrivé. Il a pris ma place au train fantôme, il dort dans notre lit, le seul endroit où nous étions à l'abri du monde extérieur. Dès que j'ai le dos tourné, il te raconte des saloperies sur mon passé… J'ai l'impression d'être dépossédé de tout.

— Mais tu…

— Écoute-moi. Un jour, il m'a regardé droit dans les yeux et m'a prévenu : « Je briserai ton cœur en bois sur ton crâne, je le briserai si fort que tu ne seras plus jamais capable d'aimer. » Il sait où viser.

— Toi aussi, semble-t-il.

— Pourquoi crois-tu qu'il est allé te raconter, à sa façon, l'histoire de son œil crevé ?

Elle hausse ses épaules d'oiseau triste.

— Joe sait combien tu es entière. Il sait allumer les mèches de tes cheveux, celles qui sont connectées à ton cœur en forme de grenade. Mais il sait aussi que sous tes allures de bombe, tu es fragile. Et qu'en laissant le doute s'immiscer, tu pourrais imploser. Joe essaie de nous fragiliser pour mieux te récupérer ! Si au moins tu t'en rendais compte, tu pourrais m'aider à l'en empêcher !

Elle se tourne vers moi, soulevant lentement les ombrelles de ses paupières. Deux grosses larmes dégringolent sur son visage magnifique. Le maquillage coule sur ses longs cils froissés. Elle a cet étrange pouvoir d'être aussi magnétique dans la souffrance que dans la joie.

— Je t'aime.

— Moi aussi je t'aime.

J'embrasse sa bouche pleine de larmes. Elle a un goût de fruit trop mûr. Puis Miss Acacia s'éloigne. Je la regarde s'envelopper de forêt. Les ombres des branches la dévorent.

En quelques pas seulement, elle se perd au loin. Le temps des rêves qui se brisent rend mes engrenages de plus en plus bruyants, ô Madeleine – de plus en plus douloureux aussi. J'ai la sensation que je ne la reverrai plus jamais.

11

Sur le chemin qui mène à l'atelier de Méliès, mon horloge claque sec. Les alcôves enchanteresses de l'Alhambra me renvoient un écho lugubre.

J'arrive, personne. Je m'installe au beau milieu des constructions de carton-pâte. Perdu parmi ces inventions, je deviens l'une d'elles. Je suis un trucage humain qui aspire à devenir un homme sans trucages. À mon âge, le truc parfait serait d'être considéré comme un homme, un vrai, un grand. Aurai-je le talent nécessaire pour montrer à Miss Acacia de quel bois je suis fait, et combien je crame pour elle ? Arriverai-je à ce qu'elle croie en moi sans qu'elle ait en permanence l'impression que je lui joue un mauvais tour de passe-passe ?

Mes songes s'étirent jusqu'en haut de la colline d'Édimbourg. J'aimerais la téléporter ici, en face de l'Alhambra. Savoir ce que devient ma famille de fortune. Je voudrais tant qu'ils apparaissent, là, maintenant ! Ils me manquent tellement...

Madeleine et Méliès parleraient « bricolage » et psychologie autour d'un de ces bons repas dont elle a le secret. Avec Miss Acacia, elles s'enflammeraient au sujet de l'amour et se crêperaient sans doute leurs chignons élégants. Mais l'heure de l'apéritif sonnerait la fin des hostilités. Elles se moqueraient l'une de l'autre avec tant d'acidité et de tendresse qu'elles en deviendraient complices. Puis Anna, Luna et Arthur se joindraient à nous, agrémentant la discussion de leurs histoires tristes et folles.

— Mais qu'est-ce que c'est que cet air triste... Allez viens, petit, je vais te montrer mes belles ! me lance Méliès en poussant la porte.

Il est accompagné d'une grande blonde au rire facile et d'une brunette potelée qui tire sur son porte-cigarettes comme s'il s'agissait d'une bouteille d'oxygène. Il me présente :

— Mesdemoiselles, voici mon compagnon de route, mon plus fidèle allié, l'ami qui m'a sauvé de la dépression amoureuse.

Je suis très touché. Les filles applaudissent en faisant friser leurs yeux aguicheurs.

— Désolé, ajoute Méliès à mon intention, mais je dois me retirer dans mes appartements pour une sieste réparatrice de quelques siècles.

— Et ton voyage dans la Lune ?

— Chaque chose en son temps, non ? Il faut apprendre à se « laisser reposer » de temps à autre. C'est important l'état de jachère, ça fait partie du processus créatif !

J'aurais voulu lui parler du retour de Joe, qu'il regarde un peu l'état de mes engrenages, lui poser encore quelques questions sur la vie avec une étincelle, mais ce n'est visiblement pas le moment. Ses poules enfumées gloussent déjà dans l'eau bouillante, je vais le laisser prendre son tendre bain.

— Miss Acacia va peut-être passer me voir cette nuit, si ça ne te dérange pas...

— Tu sais bien que non, tu es ici chez toi.

Je retourne au train fantôme récupérer mes derniers effets personnels. L'idée de quitter définitivement cet endroit ajoute une nouvelle enclume au fond de mon horloge. Le train fantôme est hanté de souvenirs merveilleux avec Miss Acacia. Et puis je commençais à prendre du plaisir à voir les gens s'amuser de mes prestations.

Une grande affiche à l'effigie de Joe recouvre la mienne. La chambre est fermée à clé. Les affaires que je n'ai pas pu caser dans ma valise m'attendent dans le couloir, entassées sur ma planche à roulettes. Je suis devenu un putain de fantôme. Je n'effraie toujours pas, personne ne rit sur mon passage, on ne me voit pas. Même dans le regard pragmatique de Brigitte Heim, je suis transparent. C'est comme si je n'existais plus.

Dans la file d'attente du spectacle, un garçon m'interpelle.

— Excusez-moi, monsieur, vous ne seriez pas l'homme-horloge ?

— Qui ? Moi ?

— Oui, vous ! J'ai reconnu le son de votre cœur ! Alors ça y est, vous revenez au train fantôme ?

— Non, je m'en vais, justement.

— Mais il faut revenir, monsieur ! Il faut revenir, vous manquez beaucoup, ici...

Je ne m'attendais pas à cette sollicitude ; quelque chose se met à vibrer sous mes engrenages.

— Vous savez, j'ai embrassé une fille pour la première fois de ma vie dans ce train fantôme. Mais maintenant qu'il y a le grand Joe, elle ne veut plus y mettre les pieds. Elle en a peur. Il ne faut pas nous abandonner avec le grand Joe, monsieur !

— Oui, on s'amusait bien ici ! s'écrie un deuxième gamin.

— Revenez ! enchaîne un autre.

Alors que je salue ma petite assemblée en les remerciant pour ces mots chaleureux, mon coucou se déclenche. Les trois garçons applaudissent, quelques adultes les accompagnent timidement.

Je monte sur ma planche à roulettes pour descendre la grand-rue qui longe l'Alhambra sous les encouragements d'une partie de la foule :

— Il faut revenir ! Il faut revenir !

— Il faut partir ! s'exclame soudain une voix très grave.

Je me retourne. Dans mon dos, Joe arbore un sourire de vainqueur. Si les tyrannosaures souriaient, je pense qu'ils le feraient comme Joe. Pas souvent et de façon inquiétante.

— Je m'en allais, mais je te préviens, je reviendrai. Tu as gagné la bataille du train fantôme, mais le roi de cœur de qui tu sais, c'est moi !

La foule se met à nous encourager comme lors d'un combat de coqs.

— Alors, tu ne t'es rendu compte de rien ?

— De quoi ?

— Tu ne trouves pas que le comportement de Miss Acacia vis-à-vis de toi est en train de changer ?

— Réglons cette affaire en privé, Joe. Ne nomme personne !

— Pourtant, je vous ai entendus vous disputer hier soir dans la salle de bains...

— Bien sûr, tu lui fais croire des horreurs à mon sujet !

— Je lui ai juste dit que tu m'avais crevé un œil sans raison. C'est de bonne guerre, il me semble !

Une partie de la file d'attente penche du côté de Joe ; l'autre, plus réduite, du mien.

— Tu avais dit un combat à l'ancienne, à la loyale ! Menteur !

— Et toi tu truques tout, tu rêves ta vie, et tes pseudo-inventions poétiques ne sont que des mensonges. Ton style est différent, mais cela revient exactement au même... Enfin. Tu l'as croisée aujourd'hui ?

— Non, pas encore.

— J'ai pris ton poste, j'ai pris ta chambre, et toi, tu as tout perdu. Car ça y est, tu l'as perdue, little Jack ! Hier, après votre dispute, elle est venue taper à la porte de ma chambre. Elle avait besoin de réconfort, avec la crise de jalousie que tu venais de lui faire... Je ne lui ai pas parlé de tes conneries d'horloge ridicule, moi. Je lui ai parlé de choses vraies, qui concernent tout le monde. Est-ce qu'elle comptait s'installer dans le coin, quel genre de maison elle aimerait habiter, est-ce qu'elle voulait des enfants, tout ça, tu vois ?

Piqûre de doute. Ma colonne vertébrale se change en grelot. J'entends résonner mes frissons partout sous ma peau.

— Nous avons aussi évoqué ce jour où elle a failli rester bloquée dans le lac gelé. Et là, elle s'est blottie dans mes bras. Comme avant, exactement comme avant.

— Je vais te crever l'autre œil, ordure !

— Et nous nous sommes embrassés. Comme avant, exactement comme avant.

La tête me tourne, je me sens défaillir. De loin, j'entends Brigitte Heim commencer à haranguer la foule, le tour de train va commencer. Mon cœur m'étouffe, je suis sûrement aussi laid qu'un crapaud en train de fumer son dernier cigare.

Avant de partir faire son show, Joe me nargue une dernière fois :

— Tu ne t'es même pas rendu compte que tu étais en train de la perdre. Je m'attendais à affronter un adversaire plus coriace. Tu ne la mérites vraiment pas.

Je me précipite sur lui, aiguilles en avant. Je me sens comme un taureau minuscule avec des cornes en plastique, il est le toréador rayonnant qui s'apprête à porter l'estocade. Sa main droite me saisit par le col et m'envoie valdinguer dans la poussière sans donner l'impression de forcer.

Puis il pénètre dans le train fantôme, la clientèle à sa suite. Je reste là pendant un temps infini, le bras gauche appuyé sur ma planche à roulettes, incapable de réagir.

Je finis par rejoindre l'atelier de Méliès. Ça me prend une éternité. Chaque fois que mon aiguille marque l'à-coup des minutes, on dirait qu'une lame de couteau s'enfonce en peu plus entre mes os.

Minuit à l'horloge de mon cœur. J'attends Miss Acacia en regardant la lune en carton que mon prestidigitateur de l'amour a fabriquée pour sa dulcinée. Minuit dix, minuit vingt-cinq, minuit quarante. Personne. La mécanique de mon cœur chauffe, ça commence à sentir le brûlé. La soupe aux hérissons se corse. Pourtant j'ai tout fait pour ne pas l'assaisonner de trop de doutes.

Méliès sort de sa chambre, suivi de son cortège de fesses et nichons rigolards. Même euphorique, il sait voir quand je ne vais pas bien. D'un regard tendre, il signifie à ses belles de se calmer, de façon que le décalage d'ambiance ne m'enfonce pas un peu plus.

Elle n'est pas venue.

12

Le lendemain, Miss Acacia donne un concert dans un cabaret de Marbella, une station balnéaire située à une centaine de kilomètres de Grenade. « Une bonne occasion pour la retrouver, loin de Joe », me dit Méliès.

Il me prête son plus beau costume et son chapeau fétiche. Je lui demande fébrilement de m'accompagner ; il accepte avec autant de simplicité qu'au premier jour.

Sur le trajet, la peur et le doute rivalisent avec le désir. Je n'aurais jamais cru que ce soit si compliqué de garder à ses côtés la personne que l'on aime de toutes ses forces. Elle me donne sans compter, jamais de mesquineries. Je donne aussi, pourtant elle reçoit moins. Peut-être parce que je donne mal. Mais je ne vais pas pour autant me laisser débarquer du plus magique des trains de ma vie, celui avec sa locomotive qui crache des pétales de jonquilles en feu. Je vais dès ce soir lui expliquer que je suis prêt à tout changer, à tout accepter, pourvu qu'elle m'aime. Et tout repartira comme avant.

La scène, minuscule, est plantée sur le bord de mer. Et pourtant le monde entier semble s'être réuni autour. Au premier rang, l'ineffable Joe. On dirait un totem qui aurait le pouvoir de faire trembler tout mon corps.

Ma petite chanteuse entre en scène, claque ses talons avec une violence inouïe, fort, de plus en plus fort.

Hurle, ulule, assène des cris. C'est un loup qui l'habite aujourd'hui. Un blues ocre mâtine son flamenco. Les piments dansent sur sa langue. Dans sa robe aux reflets orange, elle ressemble à une poudrière chantante. Trop de tensions à exorciser, ce soir.

Tout à coup, sa jambe gauche transperce le plancher, puis sa jambe droite, dans un fracas d'incendie. Je me précipite pour l'aider, mais les gens ne me laissent pas passer, préférant crier sans bouger et la regarder se planter tel un clou vivant. Je croise son regard, je ne crois pas qu'elle me reconnaisse – le chapeau de Méliès, peut-être. Joe se précipite vers elle, ses grandes jambes fendent efficacement la foule. Je peine dans les courants. Il gagne du terrain. Dans quelques secondes, il atteindra ses bras. Je ne peux pas la laisser entre ces bras-là. Le visage de Miss Acacia se crispe, elle est blessée. Elle n'est pas du genre à se plaindre pour un rien. J'aimerais être docteur, mieux, le sorcier capable de la remettre immédiatement sur pied. J'escalade le toit de la foule, marche sur les crânes, comme au train fantôme. Je vais le rattraper, je vais la rattraper. Elle s'est fait mal, je ne veux pas qu'elle ait mal. Les gens se pressent maintenant contre la scène, avides de « voir ». J'arrive au niveau de Joe. Je vais empêcher les crocs du plancher de la dévorer encore ! Cette fois ce sera moi ! Je sauverai Miss Acacia et ce faisant je me sauverai dans ses bras.

Des profondeurs de mes engrenages une soudaine douleur traverse mes poumons. Joe m'a dépassé. Ses longs doigts cueillent Miss Acacia au ralenti, sous mes yeux. J'ai dû me laisser déborder par mon rêve de la sauver. Il enveloppe son corps d'oiseau. Mon horloge crisse de mille craies. Il porte Miss Acacia comme une mariée. Je la trouve belle, même dans ses bras à lui. Ils disparaissent dans sa loge. Je me retiens de hurler, je tremble un peu. Au secours, Madeleine ! Envoie-moi une armée de cœurs en acier.

Il faut que je défonce cette porte. Je jette mon crâne dessus. La porte reste fermée. Je recouvre mon corps et une partie de mes esprits sur le plancher. J'aperçois mon reflet dans la vitre. Une bosse bleuâtre a poussé sur ma tempe gauche.

Après plusieurs tentatives, la porte s'ouvre, Miss Acacia est allongée dans les bras de Joe. Sa robe rouge légèrement retroussée est assortie aux gouttes de sang qui perlent de ses mollets. On dirait qu'il vient de la mordre et qu'il s'apprête à la dévorer.

— Mais qu'est-ce qui t'est arrivé, à toi ? dit-elle en approchant sa main de mon crâne pour caresser ma bosse.

J'esquive son geste.

Mon cœur a détecté l'élan de tendresse, mais il ne l'a pas véritablement assimilé. Ma colère le domine. Le regard de Miss Acacia se durcit. Joe serre son petit corps d'oiseau contre sa poitrine solide, comme pour la protéger de moi. Ô Madeleine, ton ardoise doit trembler au-dessus de mon lit. L'horloge palpite jusque sous ma langue.

Miss Acacia demande à Joe de sortir. Il s'exécute avec la politesse surannée d'un judoka. Mais avant cela, il dépose doucement Miss Acacia sur une chaise ; il a visiblement peur qu'elle se brise. Ses gestes délicats sont insoutenables.

— Tu as embrassé Joe ?

— Pardon ?

— Oui !

J'ai déclenché une avalanche.

— Mais comment peux-tu croire une chose pareille ? Il m'a seulement aidée à sortir ma jambe de ce plancher pourri. Tu l'as bien vu, non ?

— J'ai vu, mais hier, il m'a raconté que…

— Tu crois vraiment que je veux retourner avec lui ? Tu crois que je pourrais te faire ça ? Tu ne comprends rien, ma parole !

La peur de la perdre et le mal de tête forment un maelström électrique que je ne contrôle plus. Je vais vomir de la braise, je la sens remonter l'œsophage, inonder mon cerveau. Court-circuit sous un crâne. Je prononce des mots terribles, des sentences définitives.

Je voudrais aussitôt les rembobiner avec ma langue, mais le fiel fait déjà effet. Je sens les liens qui nous unissent claquer un à un. Je coule notre bateau à coups de phrases coupantes, il faut que j'arrête cette machine à cracher du ressentiment avant qu'il ne soit trop tard, mais je n'y arrive pas.

Joe ouvre la porte doucement. Il ne dit rien, il passe seulement la tête, pour montrer à Miss Acacia qu'il veille sur elle.

— Tout va bien, Joe ! Ne t'inquiète pas.

Ses pupilles luisent d'une tristesse infinie, mais les plis autour de sa jolie bouche affichent colère et mépris. Ces yeux dont j'ai tellement adoré la floraison des cils ne lancent plus maintenant que crachin et brouillard vide.

C'est la plus froide des douches possible, qui a l'avantage de me reconnecter à la réalité de la situation. Je suis en train de tout casser, je le vois dans le miroir brisé de son regard, il faut faire machine arrière autrement, et au plus vite.

Je tente le tout pour le tout, ouvrant grand les vannes de ce que j'ai toujours voulu lui cacher. Je sais que j'aurais dû commencer par ça, que je fais tout dans le désordre, mais j'essaie d'inverser la vapeur, encore.

— Je t'aime de travers parce que je suis un détraqué du cœur de naissance. Les médecins m'ont formellement interdit de tomber amoureux, mon horloge-cœur étant trop fragile pour y résister. J'ai pourtant mis ma vie entre tes mains, parce qu'au-delà du rêve, tu m'as donné une dose d'amour tellement forte que je me suis senti capable de tout affronter pour toi.

Pas la moindre fossette à l'horizon de ses joues.

— Aujourd'hui, je fais tout à l'envers parce que je ne sais plus comment m'y prendre pour arrêter de te perdre et ça me rend malade. Je t'aim...

— Et en plus tu y crois vraiment à tes mensonges ! C'est pathétique ! coupe-t-elle. Tu ne te comporterais certainement pas comme ça s'il y avait un peu de vrai dans tout ce que tu racontes... Certainement pas comme ça. Va-t'en, va-t'en, s'il te plaît !

Le court-circuit s'intensifie, gagne mon horloge rouge. Les engrenages s'entrechoquent dans un grincement lugubre. Mon cerveau brûle, le cœur me monte à la tête. À travers mes yeux, je suis sûr qu'on peut le voir aux commandes.

— Je ne suis qu'un truqueur, c'est ça ? Eh bien, c'est ce qu'on va voir, et pas plus tard que tout de suite !

Je tire de toutes mes forces sur les aiguilles. C'est horriblement douloureux. J'agrippe le cadran des deux mains et, comme un forcené, tente d'arracher l'horloge. Je veux expulser ce boulet et le balancer à la poubelle sous ses yeux, pour qu'elle comprenne enfin ! La douleur est insoutenable. Premier à-coup. Rien ne se passe. Deuxième, toujours rien. Le troisième, plus violent, se transforme en cascade de coups de couteau. J'entends sa voix au loin qui m'implore : « Arrête ça... Arrête ça ! » Un bulldozer est en train de tout casser entre mes poumons.

Certaines personnes prétendent qu'on voit une lumière très intense lorsque la mort arrive. Moi je n'ai vu que des ombres. Des ombres géantes à perte de vue et une tempête de flocons noirs. Une neige noire qui recouvre progressivement mes mains, puis mes bras écartés. Des roses rouges semblent pousser tellement le sang gorge la poudreuse. Puis les roses s'effacent, et mon corps tout entier lui aussi disparaît. Je suis à la fois détendu et anxieux, comme si je me préparais à un très long voyage en avion.

Un dernier bouquet d'étincelles pousse sous mes paupières : Miss Acacia dansant en équilibre sur ses petits talons aiguilles, Docteur Madeleine penchée sur moi, remontant l'horloge de mon cœur, Arthur vociférant son swing à coups de *Oh When the Saints*, Miss Acacia dansant sur ses aiguilles, Miss Acacia dansant sur ses aiguilles, Miss Acacia dansant sur ses aiguilles...

Les cris remplis d'effroi de Miss Acacia me sortent finalement de cet état second. Je lève la tête et la regarde. J'ai deux aiguilles cassées entre les mains. Dans son regard, tristesse et colère ont fait place à la peur. Ses joues se creusent, ses sourcils en accent circonflexe découpent son front. Ses yeux hier remplis d'amour ressemblent à deux chaudrons troués. J'ai l'impression d'être dévisagé par une jolie morte. Un immense sentiment de honte m'envahit, ma colère envers moi dépasse encore celle que Joe m'inspire.

Elle quitte sa loge. La porte claque comme un coup de feu. De mon chapeau s'ébroue un oiseau que Méliès a dû oublier d'enlever. J'ai froid, de plus en plus froid. Voici venu le soir le plus froid du monde. On me tricoterait le cœur avec des tisonniers de glace que je me sentirais plus décontracté.

Elle passe devant moi sans se retourner, et disparaît dans l'obscurité avec un air de comète triste. J'entends un bruit de lampadaire et des jurons en espagnol. Mon cerveau commande un sourire à mes souvenirs, mais le message a dû se perdre en route.

Quelques mètres au-dessus de la scène, la foudre éventre le ciel. Les parapluies bourgeonnent telles des fleurs de printemps funèbre ; je commence à être fatigué de mourir tout le temps.

Je retiens mon horloge du plat de ma main gauche. Il y a du sang sur les engrenages. Ma tête tourne, je ne sais plus faire fonctionner mes jambes. Je croise mes genoux comme un skieur débutant dès que j'essaie de marcher.

L'oiseau chanteur tousse à chacun de mes spasmes, j'aperçois ses petits bouts de bois cassés tout autour de moi. Un sommeil lourd m'envahit. Je m'évapore dans la brume en pensant à Jack l'Éventreur. Vais-je finir comme lui, incapable de réussir autre chose que des histoires d'amour avec des mortes ?

J'ai tout vécu pour Miss Acacia, mes rêves, la réalité, rien ne marche. J'aurais voulu, tellement voulu, sans doute trop voulu, que ça marche ! Je me croyais pourtant capable de tout pour elle, d'effriter des copeaux de lune pour pailleter ses paupières, de ne plus dormir avant le sifflement des oiseaux qui bâillent à cinq heures du matin, de traverser la Terre pour la rejoindre de l'autre côté du monde... Et voilà le résultat ?

Un éclair slalome entre les arbres pour finir sa course sur la plage en silence. La mer s'illumine un instant. Peut-être que Miss Acacia a encore quelque chose à me dire ?

L'instant suivant, l'interrupteur d'écume bascule à nouveau Marbella dans le noir. Les spectateurs détalent sous la pluie comme des lapins de garenne. Il est temps pour moi de remballer mes casseroles de songes.

13

Méliès mettra deux jours à traîner ma carcasse de Marbella à Grenade. Quand nous atteignons enfin les abords de la ville, l'Alhambra a des airs de cimetière des éléphants. Je vois pousser des défenses lumineuses prêtes à me découper.

— Soulève-toi ! Soulève-toi ! me souffle Méliès, ne te laisse pas aller, ne me laisse pas !

Ça se brise là-dessous. Je louche sur les moignons de mes aiguilles. Ce que je vois me fait peur. Ça me rappelle ma naissance.

Tout ce qui avait pris tant de sens pour moi s'évanouit. L'envie de fonder une famille et de faire attention à mon horloge pour tenir le plus longtemps possible, mes rêves d'adulte tout neuf fondent comme des flocons dans un feu. Quelle connerie rose, l'amour ! Madeleine m'avait pourtant prévenu, mais j'ai voulu n'en faire qu'à mon cœur.

Je me traîne de plus en plus lentement. Le grand incendie fait rage dans ma poitrine, mais je suis comme anesthésié. Un avion peut bien me passer au travers de la tête, maintenant cela ne change plus grand-chose.

J'aimerais voir apparaître la grande colline d'Édimbourg. Ô Madeleine, si seulement ! Je foncerais droit dans mon lit. Il doit rester quelques rêves d'enfant cachés sous l'oreiller, je tenterais de ne pas les écraser avec ma tête lourde de soucis d'adulte. J'essaierais de m'endormir en pensant que je ne me réveillerai jamais. Cette idée me serait étrangement rassurante. Le lendemain matin, j'émergerais péniblement, sonné comme un boxeur raté. Mais Madeleine et toutes ses attentions me répareraient comme avant.

De retour à l'atelier, Méliès m'installe dans son lit. Le sang se répand sur les draps blancs. Les roses des neiges réapparaissent, tourbillonnant. Putain, j'ai taché tous les draps ! me dis-je dans un sursaut de conscience. Ma tête pèse une tonne, mon cerveau est aussi fatigué de rester sous mon crâne que mon cœur sous le cadran de mon horloge.

— Je veux changer de cœur ! Modifie-moi, je ne me veux plus !

Méliès m'observe, l'air inquiet.

— Je n'en peux plus de cette enclume en bois qui craque tout le temps.

— Tu sais, ton problème me paraît beaucoup plus profond que le bois de ton horloge.

— C'est cette sensation d'acacia géant qui pousse entre mes poumons. Ce soir, j'*ai vu* Joe la porter dans ses bras et ça m'a transpercé. Je n'aurais jamais cru que ce serait si dur. Et lorsqu'elle est partie en claquant la porte, c'était encore plus dur.

— Tu connaissais les risques en donnant les clés de ton cœur à une étincelle, mon garçon !

— Je voudrais que tu m'installes un nouveau cœur et que tu remettes le compteur à zéro. Je ne veux plus jamais être amoureux de ma vie.

Apercevant la lueur de la folie suicidaire dans mon regard, Méliès juge toute discussion inutile. Il m'allonge sur son établi, comme Madeleine dans le temps, et me fait patienter.

— Attends, je vais te trouver quelque chose.

Je ne parviens pas à me détendre, mes engrenages grincent affreusement.

— Je dois bien avoir quelques pièces de rechange... ajoute-t-il.

— J'en ai marre de me faire réparer, je voudrais quelque chose de suffisamment solide pour supporter les émotions fortes, comme tout le monde. Une horloge de rechange, tu n'aurais pas ça ?

— Ça n'arrangera rien, tu sais. C'est ton cœur de chair et de sang qu'il faudrait réparer. Et pour ça, tu n'as besoin ni de docteur ni d'horloger. Il te faut soit de l'amour, soit du temps – mais beaucoup de temps.

— Je n'ai pas envie d'attendre et je n'ai plus d'amour, change-moi cette horloge, je t'en supplie !

Méliès part en ville me trouver un nouveau cœur.

— Essaie de te reposer un peu en attendant mon retour. Pas de bêtises, surtout.

Je décide de remonter mon vieux cœur une dernière fois. Ma tête tourne. Une pensée coupable s'envole vers Madeleine, qui s'est donné tant de mal pour que je tienne debout et que je continue d'avancer sans me briser. Sentiment de honte à tous les étages.

Alors que j'enfonce la clé dans ma serrure, une douleur vive grimpe sous mes poumons. Quelques gouttes de sang perlent à l'intersection de mes aiguilles. Je tente de retirer la clé, mais elle est coincée dans la serrure. J'essaie de la débloquer avec mes aiguilles cassées. Je force, de toutes les maigres forces vaporeuses qui me restent. Quand j'y parviens enfin, le sang coule abondamment par la serrure. Rideau.

Méliès est revenu. Je le vois flou, comme si on avait remplacé mes yeux par ceux de Miss Acacia.

— Je t'ai trouvé un cœur tout neuf, sans coucou et avec un tic-tac beaucoup moins bruyant.

— Merci...

— Il te plaît ?

— Oui, merci...

— Tu es certain de ne plus vouloir du cœur avec lequel Madeleine t'a sauvé la vie ?

— Sûr.

— Tu ne seras plus jamais comme avant, tu sais ?

— C'est exactement ce que je veux.

Après ça, je ne me rappelle rien, si ce n'est une sensation de rêve flou, suivi d'une gueule de bois géante.

14

Quand j'ouvre finalement les yeux, j'aperçois ma vieille horloge sur la table de chevet. Ça fait un drôle d'effet de pouvoir prendre son cœur entre ses doigts. Le coucou ne fonctionne plus. Il y a de la poussière dessus. Je me sens comme un fantôme fumant tranquillement une clope adossé à sa pierre tombale, sauf que je suis vivant. Je porte un étrange pyjama et deux tuyaux sont plantés dans mes veines – encore un nouveau truc à trimballer.

J'observe mon nouveau cœur sans aiguilles. Il ne fait aucun bruit. Combien de temps ai-je dormi ? Je me lève difficilement. Mes os sont douloureux. Méliès est introuvable. Une femme habillée tout de blanc est installée à son bureau. Une nouvelle « belle » je suppose. Je lui fais signe de la main. Elle sursaute comme si elle venait de voir passer un revenant. Ses mains tremblent. Je crois que j'ai enfin réussi à effrayer quelqu'un.

— Je suis si heureuse de vous voir debout ! Si vous saviez...

— Moi aussi ! Où est Méliès ?

— Asseyez-vous, il faut que je vous explique certaines choses.

— J'ai l'impression que je suis allongé depuis cent cinquante ans, je peux bien rester debout cinq minutes.

— Honnêtement, il est préférable que vous restiez assis... Et puis j'ai des choses importantes à vous révéler. Des choses que personne n'a jamais voulu vous dire.

— Où est Méliès ?

— Il est retourné à Paris il y a quelques mois. Il m'a demandé de m'occuper de vous. Il vous aimait beaucoup, vous savez. Il était fasciné par l'impact que votre horloge pouvait avoir sur votre imagination. Lorsque vous avez eu votre accident, il s'en est terriblement voulu de ne pas vous avoir révélé la vérité sur votre vraie nature, même s'il n'est pas certain que cela aurait changé le cours des événements. Mais il vous faut connaître la vérité, maintenant.

— Quel accident ?

— Vous ne vous souvenez pas ? dit-elle tristement. Vous avez tenté d'arracher l'horloge cousue à votre cœur, à Marbella.

— Ah oui...

— Méliès a tenté de vous greffer un nouveau cœur pour vous remonter le moral.

— Me remonter le moral ! J'étais en danger de mort !

— Oui, on a tous le sentiment qu'on va mourir lorsqu'on se sépare d'une personne aimée. Mais moi, je parle de cœur au sens mécanique du terme. Écoutez-moi bien, car je sais que ce que je vais vous dire sera difficile à croire...

Elle s'assied à mes côtés, prend ma main droite entre les siennes. Je sens qu'elle tremble.

— Vous auriez pu vivre sans ces horloges, que ce soit l'ancienne ou la nouvelle. Elles n'ont aucune interaction directe avec votre cœur physique. Ce ne sont pas de véritables prothèses, seulement des placebos, qui, médicalement, ne servent à rien.

— Mais c'est impossible ! Pourquoi Madeleine aurait-elle inventé tout ça ?

— À des fins psychologiques, sans doute. Probablement pour vous protéger de ses propres démons, comme beaucoup de parents le font d'une manière ou d'une autre.

— Je comprends surtout pourquoi elle m'a toujours recommandé de faire soigner mon cœur par des horlogers et pas par des docteurs. Vous ne comprenez pas ce genre de médecine, voilà tout.

— Je sais que c'est un peu brutal comme réveil, mais il est temps qu'on vous remette les pendules à l'heure, si vous me permettez l'expression, si vous tenez à repartir vers la vraie vie.

— Je ne vous crois pas une seule seconde.

— C'est normal, vous avez cru toute votre vie à cette histoire d'horloge-cœur.

— Comment connaissez-vous ma vie ?

— Je l'ai lue... Méliès a écrit votre histoire dans le livre que voici.

L'Homme sans trucages, disait la couverture. Je feuillette rapidement, parcours notre épopée à travers l'Europe. Grenade, les retrouvailles avec Miss Acacia, le retour de Joe...

— Ne lisez pas la fin tout de suite ! dit-elle soudainement.

— Pourquoi ?

— Vous devez d'abord assimiler l'idée que votre vie n'est pas liée à votre horloge. C'est le seul moyen pour vous de changer la fin de ce livre.

— Je ne pourrai jamais le croire, et encore moins l'admettre.

— Vous avez perdu Miss Acacia en croyant dur comme fer à votre cœur en bois.

— Je ne peux pas entendre ça !

— Vous auriez pu vous en rendre compte, mais cette histoire de cœur est tellement profondément ancrée en vous... Il faut me croire maintenant. Alors lisez le troisième quart du livre si vous voulez, même si sur le coup cela risque de vous peiner. Mais vous devez passer à autre chose.

— Pourquoi Méliès ne me l'aurait jamais dit ?

— Méliès disait que vous n'étiez pas en mesure de l'entendre, psychologiquement parlant. Il pensait qu'il était dangereux de vous révéler la vérité le soir de l'« accident », vu l'état de choc dans lequel vous êtes revenu à l'atelier. Il s'en voulait terriblement de ne pas l'avoir fait avant... Je pense qu'il s'est laissé charmer par l'idée. Il ne lui en faut pas beaucoup à lui non plus pour croire à l'impossible. Cela lui remontait le moral de vous regarder évoluer avec cette croyance si entière... Jusqu'à cette nuit tragique.

— Je n'ai aucune envie de plonger dans ces souvenirs-là pour l'instant.

— Je comprends, mais je dois vous parler de ce qui s'est passé juste après... Vous voulez boire quelque chose ?

— Oui, merci ; mais pas d'alcool, j'ai encore mal au crâne.

Pendant que l'infirmière va chercher de quoi me remettre de tant d'émotions, j'observe mon vieux cœur défoncé sur la table de chevet, puis la nouvelle horloge, sous mon pyjama froissé. Le cadran est métallique, les aiguilles sont protégées par une vitre. Une sorte de sonnette de bicyclette trône au-dessus du numéro 12. Cette horloge me gratte, j'ai l'impression qu'on m'a greffé le cœur de quelqu'un d'autre. Je me demande ce que cette étrange dame en blanc va encore essayer de me faire croire.

— Ce jour-là, dit-elle, pendant que Méliès était parti chercher une horloge en ville pour vous soulager provisoirement, vous avez tenté de remonter votre horloge cassée. Vous vous en souvenez ?

— Oui, vaguement.

— D'après ce que m'a décrit Méliès, vous étiez dans un état proche de l'inconscience, vous saigniez abondamment.

— Oui, ma tête tournait, je me sentais attiré par le sol…

— Vous avez fait une hémorragie interne. Quand Méliès s'en est rendu compte, il s'est alors soudain souvenu de moi et il est venu me chercher à la hâte. Si Méliès a très vite oublié mes baisers, il a toujours gardé en mémoire mes talents d'infirmière. J'ai stoppé votre hémorragie d'extrême justesse, mais vous n'avez pas repris connaissance. Il a tenu à réaliser l'opération qu'il vous avait promise. Il disait que vous vous réveilleriez dans un meilleur état psychologique avec une horloge-cœur neuve. Un acte à la limite du superstitieux. Il redoutait votre mort.

Je l'écoute raconter mon histoire comme si elle me donnait des nouvelles de quelqu'un que je ne connaîtrais que vaguement. J'ai du mal à connecter ces élucubrations à ma réalité.

— J'étais terriblement amoureuse de Méliès, même si ce n'était pas vraiment réciproque. C'est d'abord pour rester en contact avec lui que j'ai pris soin de vous. Puis je me suis attachée à votre personnage en lisant *L'Homme sans trucages*. Me voici plongée désormais dans cette histoire, au sens propre comme au figuré. Depuis le jour de votre accident, je veille sur vous.

Je suis tout bonnement abasourdi. Mon sang fait d'étranges appels de phare dans la partie droite de mon cerveau. « C'est-peut-être-vrai. » « C'est-peut-être-vrai. »

— D'après Méliès, lorsque vous vous êtes détruit le cœur sous les yeux de Miss Acacia, vous vouliez lui montrer combien vous souffriez, et du même coup combien vous l'aimiez. Un acte idiot et désespéré. Mais vous n'étiez qu'un adolescent – pire, un adoles-

cent avec des rêves d'enfant, et qui ne peut s'empêcher de mélanger les rêves et la réalité pour survivre.

— J'étais cet adolescent-enfant il y a encore quelques minutes...

— Non, vous avez cessé de l'être en décidant
d'abandonner votre ancien cœur. C'est ce que redoutait Madeleine : que vous deveniez grand.

Plus je me répète le mot « impossible », plus « possible » résonne sous mon crâne.

— Je ne fais que vous raconter ce que j'ai lu de vous
dans le livre écrit par Méliès. Il me l'a donné juste
avant de repartir pour Paris.

— Quand reviendra-t-il ?

— Je pense qu'il ne reviendra jamais. Il est maintenant père de deux enfants, et travaille beaucoup à
son idée de photographie en mouvement.

— Père ?

— Au début, il nous écrivait toutes les semaines –
à vous et à moi. Maintenant, il peut se passer de longs
mois sans que j'aie de ses nouvelles ; je crois qu'il
redoute que je lui annonce... votre décès.

— Comment ça de longs mois ?

— Nous sommes le 4 août 1892. Votre coma aura
duré près de trois ans. Je sais que vous n'allez pas
vouloir le croire. Regardez-vous dans le miroir. La
longueur de vos cheveux est la marque du temps qui
passe.

— Je ne veux rien regarder pour l'instant.

— Les trois premiers mois, vous ouvriez les yeux
quelques secondes par jour tout au plus. Puis un jour
vous vous êtes réveillé, et vous avez prononcé quelques mots à propos de Miss Acacia avant de retourner dans les limbes.

À la seule mention de son nom, toute l'intensité de
mes sentiments pour elle se réactive.

— Depuis le début de l'année, vos temps de réveil
sont devenus plus longs et plus réguliers. Jusqu'à
aujourd'hui. Il arrive que les gens se réveillent d'un

long coma comme le vôtre, vous savez ? Après tout, ce n'est qu'une très longue nuit de sommeil. Quel étrange bonheur de vous voir enfin debout ! Méliès serait fou de joie... Cela dit, il se peut que vous ayez quelques séquelles.

— Comment ça ?

— On ne revient pas d'un si long voyage indemne ; c'est déjà extraordinaire que vous vous souveniez de qui vous êtes.

Je croise mon reflet dans la porte vitrée de l'atelier. Trois ans. L'annonce du temps passé me sonne. Trois ans. Je suis un mort-vivant. Qu'as-tu fait de ces trois ans, Miss Acacia ?

— Est-ce que je suis vraiment vivant, est-ce un rêve, un cauchemar, ou suis-je mort ?

— Vous êtes tout à fait vivant ; différent, mais vivant.

Une fois débarrassé de ces horribles tuyaux qui me pinçaient les poils des bras, je tente de rassembler mes esprits et mes émotions en avalant un vrai repas.

Miss Acacia a réintégré mes pensées. Je ne dois pas aller si mal que ça. Elle m'obsède aussi vivement que le jour de mon dixième anniversaire. Il faut que j'aille la chercher. Je ne suis plus sûr de rien, sauf de la chose la plus importante : je l'aime encore. L'idée même de son absence réactive mes nausées de braise. Plus rien n'a de sens si je ne tente pas de la retrouver.

Je n'ai pas le choix, je dois retourner à l'Extraordinarium.

— Tu ne vas pas y aller comme ça !

Je pars sans avoir fini de manger, direction la ville. Je n'ai jamais couru aussi lentement. L'air frais entre dans mes poumons comme des bouffées d'acier, j'ai l'impression d'avoir cent ans.

Aux abords de Grenade, la chaux blanche des maisons se mélange au ciel dans de grands chaudrons de poussière ocre. Je croise mon ombre dans une ruelle, je ne la reconnais pas. Pas plus que mon reflet tout neuf qui se cogne dans une vitrine. Cheveux et barbe me donnent l'allure qu'a dû avoir un jour le Père Noël, avant sa phase gros ventre et cheveux blancs. Mais il n'y a pas que ça. Les douleurs dans mes os ont modifié ma façon de marcher. Mes épaules semblent s'être élargies, et puis j'ai mal aux pieds dans ces chaussures, comme si elles étaient devenues trop petites. À ma vue, les enfants se planquent sous les jupes de leur mère.

Au détour d'une rue, je tombe sur une affiche représentant Miss Acacia. Je la contemple longuement, frémissant de désir mélancolique. Son regard s'est affirmé, même si elle ne porte toujours pas de lunettes. Ses ongles ont poussé, elle les vernit désormais. Miss Acacia est encore plus sublime qu'avant, et moi je suis devenu un homme des cavernes en pyjama.

Arrivé à l'Extraordinarium, je me dirige immédiatement vers le train fantôme. Une fois sur place, mes meilleurs souvenirs se jettent sur moi, réintégrant leur place dans mon crâne. Les mauvais ne tardent pas à se joindre à eux.

Je m'installe dans un wagonnet quand, tout à coup, j'aperçois Joe. Assis sur le palier, il fume une cigarette. Le parcours semble avoir été agrandi. Soudain... Je vois Miss Acacia, assise quelques rangs après moi. Tais-toi mon cœur ! Elle ne me reconnaît pas. Tais-toi mon cœur ! Personne ne me reconnaît. Moi-même, j'ai du mal à me reconnaître. Joe tente de m'effrayer comme les autres clients. Il n'y parviendra pas. Par contre, il prouve que ses talents d'écraseur de rêves sont intacts en embrassant Miss Acacia à la sortie du train fantôme. Mais je ne me laisse pas abattre, pas cette fois. Car maintenant l'outsider, c'est moi !

Miss Acacia tire sur la cigarette de Joe. L'intimité qui émane de ce geste me fait aussi mauvais effet que le baiser. Ils ne sont qu'à quelques mètres de moi, je retiens mon souffle.

Il l'embrasse encore. Il fait ça comme on fait la vaisselle, sans y penser. Comment peut-on donner un baiser à une fille pareille sans y penser ? Je ne dis rien. Rendez-la-moi ! Vous verrez le cœur que j'y mettrai, quelle que soit sa matière ! Mes émotions s'agitent, mais je les retiens de toutes mes forces au plus profond de moi.

Les étincelles de sa voix me piquent les yeux comme du gaz lacrymogène à la fraise. Va-t-elle enfin me reconnaître ?

Aurai-je la force de lui dire la vérité cette fois, et si ça tourne mal, aurai-je la force de la lui cacher ?

Joe retourne à l'intérieur du train fantôme. Miss Acacia, elle, passe juste devant moi, avec ses manières d'ouragan miniature. Les volutes de son parfum me sont familières comme une vieille couverture pleine de rêves. J'en oublierais presque qu'elle est désormais la femme de mon pire ennemi.

— Bonjour ! dit-elle en m'apercevant.

Elle ne me reconnaît toujours pas. Trois flocons d'enclume se posent sur mes épaules. Je remarque un hématome sur son genou gauche.

Je me lance, sans savoir comment je vais atterrir.

— Vous ne portez toujours pas vos lunettes, n'est-ce pas ?

— C'est vrai, mais je n'aime pas trop qu'on me taquine sur le sujet, dit-elle avec un sourire apaisé.

— Je sais...

— Comment ça, vous savez ?

« Je sais qu'on s'est disputés à cause de Joe et de la jalousie, que j'ai jeté mon cœur à la poubelle à force de t'aimer de travers mais que je veux bien tout

réapprendre parce que je t'aime plus que tout. »
Voilà, c'est ce que je devrais dire. Ces mots me traversent l'esprit, se dirigent vers ma bouche, mais ne sortent pas. À la place, je toussote.

— Qu'est-ce que vous faites en pyjama dehors ? Vous ne vous seriez pas échappé d'un hôpital ?

Elle me parle avec délicatesse, comme si j'étais un vieillard.

— Pas échappé, sorti... Je me suis sorti d'une très grave maladie...

— Eh bien maintenant, il va falloir vous trouver des habits, monsieur !

On se sourit, comme avant. Je crois un instant qu'elle m'a reconnu, en tout cas je commence à l'espérer discrètement. Nous nous disons « à bientôt » et je rentre à l'atelier de Méliès, avec une sorte d'espoir tordu.

— N'attendez pas pour lui révéler votre identité ! insiste l'infirmière.

— Encore un peu, le temps que je m'acclimate de nouveau à elle.

— Ne tardez pas trop quand même... Vous l'avez déjà perdue une fois en lui cachant votre passé ! N'attendez pas qu'elle blottisse sa tête contre votre torse et se rende compte qu'il y a encore une horloge dessous. Cela dit, vous ne voudriez pas que je vous l'enlève une bonne fois pour toutes ?

— Si, on va le faire. Mais on attend un peu que j'aille mieux, d'accord ?

— Vous allez mieux... Vous voulez que je vous coupe les cheveux et que je vous rase votre barbe d'homme préhistorique ?

— Non, non pas toute de suite. Par contre, vous n'auriez pas un vieux costume de Méliès qui traîne ?

De temps à autre, je me poste à un endroit clé, non loin du train fantôme. Ainsi, nous nous croisons, comme par hasard. Une complicité s'installe, qui ressemble de si près à celle que nous avions dans le temps que des larmes me montent en plein sourire. Au creux de certains silences, je me dis qu'elle sait mais ne dit rien. Sauf que ce n'est absolument pas son genre.

Je veille à ne pas harceler Miss Acacia. Je tire les leçons de mon premier accident d'amour. J'ai encore mes vieux réflexes de fonceur, mais la douleur réduit ma vitesse ; ma précipitation du moins.

Je sens bien que je recommence à manipuler la vérité, mais j'éprouve tant de bonheur à grignoter les quelques miettes de sa présence à l'abri de ma nouvelle identité que l'idée d'y mettre fin me tord le ventre.

Ce petit manège dure depuis plus de deux mois à présent, Joe semble ne s'apercevoir de rien. Même les chaussures de Méliès me font mal aux pieds maintenant. Quant à son costume, il me donne l'impression d'aller pêcher des moules déguisé en magicien. Jehanne l'infirmière pense que ces métamorphoses sont une conséquence de mon long coma. Mes os tendus comme des ressorts pendant trois ans essaieraient de regagner le temps perdu. Du coup, j'ai des scolioses qui me poussent partout dans le corps. Même mon visage change. Ma mâchoire s'épaissit, mes pommettes deviennent saillantes.

— Revoilà l'homme de Cro-Mignon avec son costume tout neuf, lance Miss Acacia en me voyant arriver. Manque plus que le coiffeur et on aura récupéré un homme civilisé, me glisse-t-elle aujourd'hui.

— Si vous m'appelez Cro-Mignon, je ne me raserai plus jamais la barbe.

C'est sorti tout seul, « *dragando piano* », me soufflerait Méliès.

144

— Vous pouvez la raser, je vous appellerai Cro-Mignon quand même, si vous voulez...

C'est le grand retour des instants troubles. Je ne peux pas les savourer en entier, mais c'est déjà tellement mieux que d'être séparé d'elle.

— Vous me faites penser à un ancien amoureux.

— Plus à « ancien » ou plus à « amoureux » ?

— Les deux.

— Il était barbu ?

— Non, mais il faisait le mystérieux comme vous. Il croyait à ses mensonges, enfin à ses rêves. Moi je pensais qu'il faisait ça pour m'impressionner, mais lui y croyait vraiment.

— Peut-être qu'il y croyait et qu'en même temps il voulait vous impressionner !

— Peut-être... Je ne sais pas. Il est mort il y a plusieurs années.

— Mort ?

— Oui, j'ai encore fleuri sa tombe ce matin.

— Et s'il n'était mort que pour vous impressionner et que vous le croyiez ?

— Oh, il en aurait été capable, mais il n'aurait pas attendu trois ans pour revenir.

— De quoi est-il mort ?

— C'est un mystère. Des gens l'on vu se battre avec un cheval, d'autres disent qu'il aurait péri dans un incendie qu'il aurait provoqué involontairement. Moi, j'ai peur qu'il soit mort de colère après notre dernière dispute, une dispute terrible. Ce qui est sûr, c'est qu'il est mort, puisqu'il est enterré. Et puis s'il était vivant, il serait *là*. Avec moi.

Un fantôme caché derrière sa barbe, voilà ce que je suis devenu.

— Il vous aimait trop ?

— On n'aime jamais trop !

— Il vous aimait mal ?

— Je ne sais pas… Mais vous savez, me faire parler de mon premier amour mort il y a trois ans n'est pas la meilleure façon de me draguer !

— Quelle est la bonne façon de vous draguer, alors ?

— Ne pas me draguer.

— Je le savais ! C'est exactement pour ça que je ne vous ai pas draguée !

Elle a souri.

J'ai failli, vraiment failli, tout lui dire. Avec mon ancien cœur, ce serait sorti tout seul, mais maintenant, tout est différent.

Je suis rentré à l'atelier comme un vampire regagne son cercueil, honteux d'avoir mordu dans un cou sublime.

« Tu ne seras plus jamais comme avant », m'avait dit Méliès avant l'opération. Les regrets et les remords se pressent au bord d'un abîme orageux. À peine quelques mois et j'en ai déjà marre de ma vie en mode allégé. La convalescence finie, je veux retourner au feu sans mon masque de barbe et de cheveux broussailleux. Même si je ne suis pas malheureux de grandir un peu, il faut que je passe le cap de cette contrefaçon de retrouvailles.

Ce soir, je me couche avec l'envie de fouiller les souvenirs et les rêves dans la poubelle à passion. Je veux voir ce qui reste de mon vieux cœur, celui avec lequel je suis tombé amoureux.

Ma nouvelle horloge ne fait presque pas de bruit, mais je n'en suis pas moins insomniaque. L'ancienne est rangée sur une étagère, dans une boîte en carton. Peut-être que si je la réparais, tout serait comme avant. Pas de Joe, pas de couteau entre les aiguilles. Revenir au temps où j'aimais sans stratégie, quand je fonçais tête baissée sans peur de me cogner à mes rêves, revenir ! L'époque où je n'avais peur de rien, où je pouvais monter dans la fusée rose de l'amour sans attacher ma ceinture. Aujourd'hui, je suis plus grand, plus raisonnable aussi ; mais du coup je n'ose plus tenter le vrai grand saut vers celle qui me donnera toujours l'impression d'avoir dix ans. Mon vieux cœur, même cabossé et hors de mon corps, me fait définitivement plus rêver que le nouveau. C'est le « vrai », le mien. Et je l'ai cassé, comme un con. Qu'est-ce que je suis devenu ? Un imposteur de moi-même ? Une ombre transparente ?

J'attrape la boîte en carton et en sors délicatement l'horloge, que je pose sur mon lit. Des volutes de poussière s'envolent. Je glisse les doigts dans mes anciens engrenages. Une douleur, ou le souvenir de cette douleur, se réveille immédiatement. S'ensuit une étonnante sensation de réconfort.

En quelques secondes l'horloge se met à cliqueter, comme un squelette qui réapprendrait à marcher, puis s'arrête. J'éprouve une joie qui me transporte du haut de la colline d'Édimbourg aux tendres bras de Miss Acacia. Je remets en place les aiguilles avec deux bouts de ficelle, pas très solides.

Je passe la nuit à tenter de réparer mon vieux cœur en bois, et en pitoyable bricoleur que je suis, je n'y parviens pas. Mais au petit matin, je suis décidé. J'irai voir Miss Acacia et lui dirai toute la vérité. J'ai replacé ma vieille horloge dans la boîte. Je l'offrirai à celle qui est devenue une grande chanteuse. Cette fois je ne lui donnerai pas seulement la clé, mais le cœur en entier, dans l'espoir qu'elle ait à nouveau envie de bricoler l'amour avec moi.

Je marche dans la rue principale de l'Extraordinarium, avec mes allures de condamné à mort. Je croise Joe. Nos regards se croisent comme dans un duel de western, au ralenti.

Je n'ai plus peur. Pour la première fois de ma vie, je me mets à sa place. Je suis aujourd'hui en position de récupérer Miss Acacia, comme lui lorsqu'il est revenu au train fantôme. Je pense à la haine qu'il devait ressentir à l'école lorsque je ne pouvais m'empêcher de parler d'elle, alors qu'il souffrait le martyre à cause de son départ. Ce grand bonhomme me donnerait presque le sentiment de lui ressembler. Je le regarde s'éloigner jusqu'à ce qu'il disparaisse de mon champ de vision.

Sur le palier du train fantôme, Brigitte Heim apparaît. Lorsque je l'aperçois avec sa chevelure identique aux poils de son balai, je rebrousse chemin. Ses airs de sorcière jaunâtre sentent la solitude. Elle semble aussi malheureuse que les vieilles pierres qu'elle s'escrime à empiler pour fabriquer des maisons vides. J'aurais pu essayer de lui parler tranquillement, maintenant qu'elle ne me connaît plus. Mais l'idée d'entendre sa voix cracher ses réflexions toutes faites me fatigue.

— J'ai quelque chose à te dire !

— Moi aussi !

Miss Acacia, ou le don de faire en sorte que mes plans ne se déroulent pas comme prévu.

— Je ne veux plus qu'on... Oh, tu as un cadeau pour moi ? Qu'est-ce qu'il y a dans cette boîte ?

— Un cœur en mille morceaux. Le mien...

— Tu as de la suite dans les idées, pour quelqu'un qui est censé ne pas me draguer !

— Oublie l'imposteur que tu as vu hier, je veux te dire toute la vérité maintenant...

— La vérité, c'est que tu n'arrêtes pas de me draguer, avec tes airs décoiffés et ton costume. Mais je dois le reconnaître, ça me plaît... un peu.

Je saisis ses fossettes entre mes doigts. Elles n'ont rien perdu de leur tendre éclat. J'appose mes lèvres

148

contre les siennes sans rien dire. La douceur de ses lèvres me fait oublier un instant mes bonnes résolutions. Dans la boîte, je me demande si je n'ai pas entendu un cliquetis. Le baiser s'achève, il me laisse un goût de piment rouge. Un deuxième baiser prend le relais. Plus appuyé, plus profond, du genre qui rebranche l'électricité des souvenirs, trésors enfouis six pieds sous la peau. « Voleur ! Imposteur ! » siffle la partie droite de mon cerveau. « Attends ! On en reparle tout à l'heure ! » répond mon corps. Mon cœur est tiraillé à l'extrême. Il bat une chamade silencieuse de toutes ses forces. La joie pure et simple de retrouver sa peau me grise, contredisant une horrible impression de m'autococufier. C'est insupportable de bonheur et de souffrance simultanés. Habituellement, je sais être très heureux, puis très malheureux, la pluie après le beau temps. Mais à cet instant précis les éclairs zèbrent le ciel le plus bleu du monde.

— J'ai demandé à parler la première… me dit-elle tristement en se dégageant de mon étreinte. Je ne veux pas continuer à te voir. Je vois bien qu'on se tourne autour depuis quelques mois, mais je suis amoureuse d'un autre, et ce depuis très longtemps. Commencer une nouvelle histoire serait ridicule, je suis vraiment désolée. Je suis encore amoureuse…

— De Joe, je sais.

— Non, de Jack, l'ancien amoureux dont je t'ai parlé, celui auquel tu me fais parfois penser.

Le big bang intersidéral des sensations inverse mes connexions émotionnelles. Des larmes viennent sans prévenir, chaudes et longues, impossibles à retenir.

— Je suis désolée, je ne voulais pas te faire de mal, mais j'ai déjà épousé quelqu'un dont je ne suis pas amoureuse, je ne veux pas recommencer, dit-elle, m'entourant de ses bras d'oiseau mince.

Mes cils doivent cracher des arcs-en-ciel. Je prends mon courage à deux mains pour me saisir du paquet contenant mon horloge-cœur.

— Je ne peux pas accepter de cadeau de ta part. Je suis vraiment désolée. Ne rends pas les choses plus compliquées qu'elles ne le sont déjà.

— Ouvre-le quand même, c'est un cadeau personnalisé, si tu ne le prends pas, il ne servira plus à personne.

Elle accepte, visiblement embarrassée. Ses jolis petits doigts soigneusement vernis déchirent le papier. Elle feint un sourire. C'est un moment précieux. Offrir son véritable cœur dans un paquet-cadeau à la femme de sa vie, ce n'est pas rien !

Elle secoue la boîte, faisant mine de chercher à deviner le contenu.

— C'est fragile ?

— Oui, c'est fragile.

Son malaise est palpable. Elle ouvre doucement le couvercle de la boîte. Ses mains plongent au fond du carton et se saisissent de ma vieille horloge-cœur. Le haut du cadran apparaît à la lumière, puis le centre de l'horloge et ses deux aiguilles recollées.

Elle l'observe. Pas un mot. Elle fouille nerveusement dans son sac à main, en extrait une paire de lunettes qu'elle pose maladroitement sur son incomparable petit nez. Ses yeux scrutent chaque détail. Elle fait tourner les aiguilles dans le bon, puis le mauvais sens. Il y a de la buée sur ses lunettes. Elle secoue la tête, lentement. Il y a de la buée sous ses lunettes. Ses mains tremblent. Elles sont connectées à l'intérieur de ma poitrine. Mon corps enregistre leurs mouvements sismiques, les reproduit. Elle ne me touche pas. Mes horloges résonnent en moi, secouées par le tremblement qui s'amplifie.

Miss Acacia dépose doucement mon cœur sur le muret contre lequel nous nous sommes tant de fois blottis. Elle lève la tête vers moi, enfin.

Ses lèvres s'entrouvrent et chuchotent :

— Tous les jours, j'y suis allée tous les jours. Je fleuris ta putain de tombe depuis trois ans ! Du jour de ton enterrement jusqu'à ce matin ! J'y étais encore tout à l'heure. Mais c'était la dernière fois... Car désormais, pour moi, tu n'existes plus...

Elle tourne ses talons pour de bon et dépasse le muret, lentement. L'horloge de mon cœur est toujours dessus, les aiguilles pointées vers le sol. Le regard de Miss Acacia me traverse sans colère ; effectivement je n'existe plus. Il s'abandonne tel un oiseau triste sur la boîte en carton, puis s'envole vers des cieux dont les portes me sont désormais fermées. Le bruit de ses pas s'amenuise. Bientôt, je ne verrai plus ses fesses gourmandes rouler comme un ressac de velours. Bientôt le mouvement cape de sa jupe fera disparaître ses jambes et il ne restera plus que son léger bruit de pas. Sa silhouette ne fera plus que dix centimètres. Neuf centimètres, six, à peine la taille d'un cadavre pour boîte d'allumettes. Cinq, quatre, trois, deux...

Cette fois, je ne la verrai plus jamais.

ÉPILOGUE

L'horloge mécanique de Docteur Madeleine continua son voyage hors du corps de notre héros, si on peut le nommer ainsi.

Brigitte Heim fut la première à remarquer sa présence. Sur le muret, l'horloge-cœur avait un air de jouet pour les morts. Elle décida de la récupérer pour compléter sa collection d'objets insolites. L'horloge reposa donc durant un moment sur le sol du train fantôme entre deux crânes séculaires.

Le jour où Joe la reconnut, il perdit son pouvoir d'épouvante. Une nuit, après son service, il décida de s'en débarrasser. Il prit la route du cimetière San Felipe avec l'horloge sous le bras. Marque de respect ou seulement superstition, on ne le saura jamais, toujours est-il qu'il déposa l'horloge sur la tombe à présent non entretenue de Little Jack.

Miss Acacia quitta l'Extraordinarium dans le courant du mois d'octobre 1892. Ce même jour d'octobre, l'horloge disparut du cimetière San Felipe. Joe poursuivit sa carrière au train fantôme, lui-même hanté jusqu'à la fin de ses jours par la perte de Miss Acacia.

Miss Acacia, elle, fit pousser ses flammes dans les cabarets de l'Europe entière, sous le nom de sa grand-mère. Dix ans plus tard, lors de son passage à Paris, elle aurait été vue dans une salle de cinéma diffusant

Le Voyage dans la Lune d'un certain Georges Méliès, devenu le plus grand précurseur du cinéma de tous les temps, l'inventeur absolu. Miss Acacia et lui se seraient entretenus quelques minutes après la séance. Il lui aurait remis un exemplaire de *L'Homme sans trucages*.

Une semaine plus tard, l'horloge refit surface sur le palier de la vieille maison d'Édimbourg, enveloppée d'un linceul. On aurait dit qu'une cigogne venait de l'y déposer.

Le cœur resta planté sur le paillasson plusieurs heures avant d'être recueilli par Anna et Luna – lesquelles avaient repris la maison inhabitée pour en faire un orphelinat qui accueillait même les vieux enfants comme Arthur.

Après le décès de Madeleine, la rouille avait envahi sa colonne vertébrale. Au moindre mouvement, il grinçait. Il se mit à avoir peur du froid et de la pluie. L'horloge finit sa course sur sa table de chevet, avec le livre qui était glissé dans le paquet.

Jehanne d'Ancy ne revit plus jamais l'horloge mais trouva enfin le chemin du cœur de Méliès. Ils finirent leur vie ensemble, tenant une boutique de farces et attrapes du côté de la gare Montparnasse. Tout le monde avait oublié le grand Méliès, mais Jehanne continuait à écouter avec passion ses histoires d'homme à cœur d'horloge et autres monstres vêtus d'ombres.

Quant à notre « héros », il grandit, ne cessa plus de grandir. Mais il ne se remit jamais de la perte de Miss Acacia. Il sortit chaque nuit, seulement la nuit, pour rôder aux alentours de l'Extraordinarium, dans l'ombre des baraques à spectacle. Mais le demi-fantôme qu'il était devenu n'en franchit plus jamais le seuil.

Il retourna alors sur ses traces jusqu'à Édimbourg. La ville était identique à son souvenir, le temps semblait s'y être arrêté. Il grimpa le long de la colline, comme quand il était enfant. De gros flocons remplis d'eau se posèrent sur ses épaules, lourds comme des cadavres. Le vent léchait le vieux volcan de la tête aux pieds, sa langue glacée éventrait les brumes. Ce n'était pas le jour le plus froid du monde, mais pas loin. Au fond du blizzard, tout au fond, résonna un bruit de pas. Sur le côté droit du volcan, il crut reconnaître une silhouette familière. Une chevelure de vent et cette fameuse démarche de poupée boudeuse à peine désarticulée. Encore un rêve qui se mélange à la réalité, se dit-il.

Lorsqu'il poussa la porte de sa maison d'enfance, toutes les horloges de Madeleine étaient silencieuses. Anna et Luna, ses deux tantes bariolées, éprouvèrent toutes les difficultés du monde à reconnaître celui qu'on ne pouvait plus vraiment appeler « little Jack ». Il fallut qu'il chante quelques notes de *Oh When the Saints* pour qu'elles lui ouvrent leurs bras amaigris. Luna lui expliqua lentement le contenu de la première lettre, celle qui n'était jamais arrivée, lui avouant au passage que les suivantes avaient été écrites par eux. Avant que le silence ne fasse exploser les murs, Anna serra très fort la main de Jack dans la sienne et le conduisit au chevet d'Arthur.

Le vieil homme lui dévoila le secret de sa vie.

« Sans l'horloge de Madeleine, tu n'aurais pas survécu au jour le plus froid du monde. Mais au bout de quelques mois ton cœur de chair et de sang se suffisait à lui-même. Elle aurait pu retirer l'horloge, comme elle le faisait avec les points de suture. Elle aurait dû, d'ailleurs. Aucune famille n'osait t'adopter à cause de ce bidouillage tic-tiquant qui sortait de ton poumon gauche. Avec le temps, elle s'est attachée à toi. Madeleine te voyait comme une petite chose fragile, à protéger à tout prix, reliée à elle par ce cordon ombilical en forme d'horloge.

« Elle redoutait terriblement le jour où tu deviendrais adulte. Elle a tenté de régler la mécanique de ton cœur de façon à te garder toujours auprès d'elle. Elle nous avait promis de se faire à l'idée que tu souffrirais peut-être toi aussi de l'amour, car la vie est ainsi faite. Mais elle n'y est pas parvenue. »

Pour l'entretien, le réglage et les merveilleux coups de clé donnés à l'horloge-cœur de ce livre, merci à Olivia de Dieuleveult et Olivia Ruiz.

8898

Composition
NORD COMPO

Achevé d'imprimer en Espagne
par ROSES
le 29 janvier 2010.
Dépôt légal janvier 2010. EAN 9782290012451
1ᵉʳ dépôt légal dans la collection : mars 2009

EDITIONS J'AI LU
87, quai Panhard-et-Levassor, 75013 Paris

Diffusion France et étranger : Flammarion